汉译世界文学名著丛书

呆厮国志

〔英〕亚历山大·蒲柏 著

李家真 译注

Alexander Pope
THE DUNCIAD
———
据卢德里奇出版社二〇〇九年版译出

汉译世界文学名著丛书
出版说明

　　1902年，我馆筹组编译所之初，即广邀名家，如梁启超、林纾等，翻译出版外国文学名著，风靡一时；其后策划多种文学翻译系列丛书，如"说部丛书""林译小说丛书""世界文学名著""英汉对照名家小说选"等，接踵刊行，影响甚巨。从此，文学翻译成为我馆不可或缺的出版方向，百余年来，未尝间断。2021年，正值"汉译世界学术名著丛书"出版40周年之际，我馆规划出版"汉译世界文学名著丛书"，赓续传统，立足当下，面向未来，为读者系统提供世界文学佳作。

　　本丛书的出版主旨，大凡有三：一是不论作品所出的民族、区域、国家、语言，不论体裁所属之诗歌、小说、戏剧、散文，只要是历史上确有定评的经典，皆在本丛书收录之列，力求名作无遗，诸体皆备；二是不论译者的背景、资历、出身、年龄，只要其翻译质量合乎我馆要求，皆在本丛书收录之列，力求译笔精当，抉发文心；三是不论需要何种付出，我馆必以一贯之定力与努力，长期经营，积以时日，力求成就一套完整呈现世界文学经典全貌的汉译精品丛书。我们衷心期待各界朋友推荐佳作，携稿来归，批评指教，共襄盛举。

商务印书馆编辑部

2021年8月

名垂后世的一种方式
（代译序）

亚历山大·蒲柏（Alexander Pope, 1688—1744），十八世纪最伟大的英国诗人，《牛津名言词典》（*The Oxford Dictionary of Quotations*）收载条目第二多的诗人（仅次于莎士比亚），毕生勤于著述，兼擅多种题材文体。蒲柏学识丰赡，才气纵横，洞烛世态人心，作品中妙语警句俯拾即是，许多都成为了英语世界日用而不知的成语，例如"Hope springs eternal"（希望之泉永不竭）、"To err is human, to forgive, divine"（犯错是人性，宽宥是神性）、"A little learning is a dang'rous thing"（一知半解害死人）、"Damning with faint praise"（名褒实贬）、"Fools rush in where angels fear to tread"（无知者无畏）。蒲柏的挚友斯威夫特，自己也是一位伟大的作家，但却对蒲柏十分钦佩："蒲柏的诗，没有一行不使我叹息，/叹的是如此佳作，不是我的创制。"后辈诗人拜伦，更是对蒲柏五体投地：

无论时间或空间，哀痛或衰年，都永远不能减损我对他的崇敬。他是伟大的讽喻诗人，规箴一切时代、一切风土、一切情感，以及生存的一切阶段。他是我少时的欢乐，壮岁的志趣，或许还会成为我暮年（假使我有幸活到暮年的话）的慰藉。他的诗篇，便是人生的宝典。

蒲柏天资聪颖，弱冠成名，但他的生花妙笔，绝不是轻易得来。他出生在一个天主教家庭，天主教在当时的英国备受歧视，教众不得入读公学大学，也不能担任公职。他少时罹患波特氏症（结核性脊椎炎），一生为此恶疾所苦。疾病使得他腰背佝偻，成年身高不足一米四，他之所以终身未婚，当与此节不无关系（蒲柏生平可概见本书所附简表，此不赘述）。从许多方面来说，他都是自身所处社会的局外人。然而，诚如同时代英国词典编纂家塞缪尔·约翰逊所说，蒲柏拥有"一颗生机勃发、志向宏大、勇于冒险的心灵，始终探究，始终期许，行至极远，依然渴望更远，飞到极高，依然渴望更高，永远憧憬超出它所知的事物，永远企求超出它所能的功业"。所以他勇猛精进，自学多门外语，浸淫希腊罗马及本国经典，使天赋的文才物尽其用，终成一代大家。他的名垂后世，可说是"诗穷而后工"的典例。

蒲柏的讽刺史诗《呆厮国志》（*The Dunciad*）初版刊行于一七二八年，最终版刊行于一七四三年，前后历时十五年，称之为蒲柏毕生心血的结晶，绝非过甚之辞。从形式上说，此诗以西方经典史诗为范本，采用严谨的英雄双行体（heroic couplet），结构精巧，音韵铿锵，无愧为这种诗体的极致神品。从内容上说，此诗以虚拟的"呆厮女神"为线索，铺叙十七、十八世纪英国社会日趋粗鄙的颓败进程，尖锐抨击文艺市场化、低俗化、政治化的时弊,嬉笑怒骂,酣畅淋漓,直笔写出一部浓墨重彩、活色生香的大不列颠堕落史,堪称西方讽刺史诗的里程碑式巨制。在写给斯威夫特的信中,蒲柏把《呆厮国志》称为自己的"巅峰之作"(chef d'oeuvre),此诗形质双美,宜蒲柏引以为豪。

《呆厮国志》指名道姓地谴责了同时代的众多文人和政商巨头,不光是一部文采斐然的杰作,还是一首豪气干云的战歌。正因如此,美国文学批评家、蒲柏权威传记作者梅纳德·马克(Maynard Mack, 1909—2001)一方面把《呆厮国志》称许为"英语诗歌史上最引人入胜、最独树一帜的作品之一",一方面又指出,将《呆厮国志》公之于世,"从许多方面来说都是蒲柏一生最大的蠢举"。的确,这部诗作给蒲柏招来了无数敌人,致使他余生楚歌四面、怨谤随身。但在蒲柏的有生之年,《呆厮国志》不光一版再版,篇幅还越来越大,最终版刊行的时间距蒲柏辞世只有七个月,从这个事实来看,蒲柏当可谓"一生无悔"。

跻身《呆厮国志》的众多反派当中,有的人求得蒲柏的宽恕,名字从最终版本当中消失,有的人反复无常,名字也隐而复显,有的人愧耻交加,以至于寿命缩短,也有的只求眼前利益,并不怕别人戳脊梁骨,还有的把骂名化为商机,捞到了实实在在的好处。最后这一种人,允称"眼球经济"之鼻祖。注意力难以集中的当今时世,三天两日的骂名,已经使许多人趋之若鹜,千秋万岁的骂名,岂不令受者铭感肺腑?冯梦龙的《古今笑史》里有个老童生,以自己的文章"为某某先生所笑"为荣,求名乏术的人们，如果能让自己的行为"为某某先生所骂"，名字随杰作垂于永久，或许也是件值得骄傲的事情。

二〇二一年八月八日

目　录

题献 …………………………………………………… 1
题记 …………………………………………………… 2
第一卷 ………………………………………………… 3
第二卷 ………………………………………………… 35
第三卷 ………………………………………………… 71
第四卷 ………………………………………………… 103

十八世纪四十年代伦敦略图 ………………………… 161
蒲柏生平简表 ………………………………………… 162

题献

献给乔纳森·斯威夫特博士[①]

[①] 蒲柏的讽刺史诗《呆厮国志》(The Dunciad) 首次出版于1728年，当时仅有三卷。1729年，同为三卷的《呆厮国志集注本》(The Dunciad Variorum) 付梓。1742年，《新呆厮国志》(The New Dunciad) 亦即《呆厮国志》第四卷单独刊行。1743年，经蒲柏修订整理的《呆厮国志四卷本》(The Dunciad in Four Books) 最终面世，本书即据此最终版译出。英文书名"Dunciad"由"dunce"衍生而来，后者源自十三世纪苏格兰修士及神学家约翰·当斯 (John Duns, 1265?—1308)。当斯的学说被后世一些学者目为愚陋，以至于从他名字衍生的"dunce"一词成为了愚人的代称。为求音义兼得，译者将"dunce"译为"呆厮"，"Dulness"译为"呆厮女神"，"Dunciad"译为"呆厮国志"。本书题献对象乔纳森·斯威夫特 (Jonathan Swift, 1667—1745) 为英国著名讽刺作家，《格列佛游记》(Gulliver's Travels, 1726) 的作者，蒲柏的挚友。斯威夫特拥有神学博士学位。另据本书附录所说，蒲柏一度打算焚毁本书初稿，是斯威夫特从火中抢出了稿子，并恳劝蒲柏继续写完。

题记

福波斯最终驾到，阻止它吞噬尸首，
将它大张的嘴巴，变作坚硬的石头。

——奥维德①

---

① 题记原文为拉丁文，是古罗马诗人奥维德（Ovid，前48—17/18）长诗《变形记》（*Metamorphoses*）第十一卷的第五八行及第六〇行，说的是福波斯（Phoebus，即太阳神阿波罗）阻止毒蛇吞吃古希腊传奇乐师俄耳甫斯（Orpheus）尸身的事情。

第一卷

概述 [1]

题解、呼召[2]及题献。呆厮女神伟大帝国的缘起,以及国祚久长的因由。故城[3]里的呆厮女神公会,尤其是女神为各位诗人开办的私家学院;学院的各位山长,以及支撑女神宝座的四大美德。此后篇章迅速转入事件中心,述及呆厮女神在市长日[4]当晚

---

① 英国大诗人弥尔顿(John Milton,1608—1674)著有经典史诗《失乐园》(*Paradise Lost*,1667),这部史诗每一卷的卷首都有一段概述该卷大意的文字。蒲柏仿此旧例,在《呆厮国志》各卷的卷首添上了概述。

② 西方史诗作者常常在诗作开篇召唤神明或其他力量,祈请对方帮助自己完成诗作,诗作的这一部分名为"呼召"(Invocation)。呼召的对象通常是灵感女神缪斯,例如荷马史诗《奥德赛》(*Odyssey*)和但丁《神曲》(*Divine Comedy*)。此诗的呼召对象则是"贵人",见下文。

③ "故城"原文为"the City",特指伦敦市中心一小片历史悠久的区域。这片区域有时也称"方里"(the Square Mile),因为它的面积大致是一平方英里。在蒲柏的时代,故城的城墙和城门还有许多未遭拆毁。故城是伦敦的商业中心,代表日益兴盛的商业文化,为蒲柏所鄙薄。

④ 市长日(Lord Mayor's day)是伦敦故城市长就职的日子,新任市长会在当日率领游行队列前往王廷所在的西敏区,向王室宣誓效忠,是为"市长巡游"(Lord Mayor's Show)。市长巡游是一项重要的年度节庆活动,蒲柏视之为商业文化的象征。《呆厮国志》最终版出版的具体时间是1743年10月29日,既是一个市长日,又是英王乔治二世(George II,1683—1760)六十寿诞的前一天。

凝神冥思，盘点她众多子裔排出的长长队列，瞻顾她过去未来的赫赫荣光。她看中了贝斯①，准备让贝斯充当她左膀右臂，协助她实现本书将要叙写的宏伟计划。此时的贝斯埋首书堆，愁肠百结，正想着放弃女神的大业，还担心女神的帝国已到尽头。他暗自盘算将来的出路，时而想寄身教会，时而想混迹赌场，时而又想投靠政党，充当宣传喉舌。在此之后，他用合宜的书本堆出一座祭坛，郑而重之地念出他的祷词与宣言，打算把他的拙劣文字付之一炬，充作他的祭献。他点燃书堆之时，高踞宝座的女神看见烧书的火光，于是飞赴现场，用一本《苏里》②扑灭了火焰。接下来，女神对贝斯表明身份，并且把贝斯带进她的神殿，向贝斯展示她的神技和奥秘。再下来，女神宣布桂冠诗人尤斯登③业已身故，随即为贝斯涂膏灌顶，护送他进入宫廷，把他宣布为尤斯登的继任。

---

① 贝斯（Bays）影射英王钦定的桂冠诗人科利·希伯（Colley Cibber，1671—1757）。"bays"意为"桂冠"。英国贵族第二世白金汉公爵（George Villiers，2nd Duke of Buckingham，1628—1687）等人写有剧作《排练》（*The Rehearsal*，1671），剧中主角是个名叫"贝斯"的蹩脚作家，影射对象也是当时的桂冠诗人。在1743年之前的各版《呆厮国志》当中，呆厮女神看中的爪牙是提博德（Tibbald），影射的是英国文本考据家及作家刘易斯·西奥博德（Lewis Theobald，1688—1744）。

② 《苏里》（*Thulé*）是英国诗人安布罗斯·菲利普斯（Ambrose Philips，1674—1749）出版的一部未完成诗作。诗题"苏里"是个地名，为古希腊地理学家所说人境极北之地。蒲柏认为《苏里》的诗风冰冷僵硬，因此可充扑火之用。

③ 尤斯登（Laurence Eusden，1688—1730）是希伯的前任，于1718年成为英国历史上最年轻的桂冠诗人。

我歌唱那位伟大母亲,还有她那位,
以史密斯菲缪斯① 耸动君听的爱子。
说吧,你们这些任女神差遣的贵人!
女神、朱庇特和命运,召唤你们作证;②
5　多亏你们关照,呆厮二世无视谴责,
无视诅咒,延续了呆厮一世的霸业;③
说吧,女神如何使不列颠昏睡不起,
如何倾泻她的蛊毒,笼罩海洋陆地。
最久远的往昔,凡人尚未识文断字,
10　帕拉斯尚未,从宙斯头顶出生之时,④
呆厮女神,混沌王⑤与永恒黑夜之女,
生来就掌握,凌驾一切的古老权利:

---

　①　史密斯菲缪斯(Smithfield Muses)喻指庸俗娱乐。史密斯菲是伦敦故城北侧的一个区域,当时是巴塞洛缪大集(Bartholomew Fair)的举办地点。大集于每年8月24日开始,为期四天,其间有各种迎合市民口味的娱乐活动。这两行的意思是,希伯(爱子)为呆厮女神(伟大母亲)效力,把庸俗粗鄙的市井文艺带进了上流社会乃至宫廷。
　②　朱庇特(Jove)是古罗马神话中的主神,相当于古希腊神话中的宙斯(Zeus)。蒲柏认为当时英国的贵族阶层也是呆厮女神的帮凶,因此呼召他们来讲述女神得势的经过。
　③　"呆厮二世"和"呆厮一世"分别指希伯和尤斯登,同时指涉乔治二世及其父乔治一世(George I, 1660—1727),蒲柏对这两位君主的作为颇有不满。
　④　根据古希腊神话,智慧女神帕拉斯·雅典娜(Pallas Athene)是从主神宙斯的脑袋里迸出来的,出生时即已长成。
　⑤　据公元前八世纪古希腊诗人赫西俄德(Hesiod)《神谱》(*Theogony*)所说,混沌王(Chaos)是一切神灵之祖。

混沌王衰年得女,生出这美丽白痴,
如父王一般壮硕,如母后一般阴郁;
15 她孜孜矻矻,忙忙碌碌,大胆又盲目,
在原初的无序里,统治心灵的版图。
她生来就是神祇,因此便永生不死,
如今仍极力恢复,曾有帝国的疆域。
你呀!爱听的名号,你只管任意揽下,
20 无论教长、布商、格列佛或比克斯达!①
无论你像塞万提斯一样,正经古板,
还是像拉伯雷一样随意,笑得发癫,②
无论你歌颂朝廷,夸大人类的优点,③
还是斩断,你多难祖国的黄铜锁链;④

---

① 这几行是致斯威夫特的献辞。斯威夫特曾担任都柏林圣帕特里克大教堂的教长(1713—1745),曾以"一名布商"的名义发表公开信,曾以"格列佛"的名义发表《格列佛游记》,并曾以艾萨克·比克斯达(Isaac Bickerstaff)的化名发表文章。

② 塞万提斯(Cervantes,1547—1616)和拉伯雷(Rabelais,1483?—1553)分别是西班牙和法国的著名作家。蒲柏认为塞万提斯作品《堂吉诃德》(*Don Quixote*)包含严肃的政治讽喻,拉伯雷作品《巨人传》(*Gargantua and Pantagruel*)则属于滑稽狂想,并在此夸赞斯威夫特兼具二人之长。

③ 《格列佛游记》的主角格列佛曾在大人国国王面前"歌颂朝廷","夸大人类的优点",由是遭到对方的耻笑。

④ 1722至1724年间,英国商人威廉·伍德(William Wood,1671—1730)凭借买来的特许权铸造在爱尔兰流通的铜币。斯威夫特认为伍德的铸币品质低劣,铸币权也来得蹊跷,于是发表一系列《布商书信》(*Drapier's Letters*),呼吁公众予以抵制。迫于舆论压力,英王废止了伍德的铸币。斯威夫特是爱尔兰人(爱尔兰当时在英国统治之下),所以有"祖国"之说。

8

25　我的斯威夫特啊，你千万不要悲伤，
　　尽管女神从你的波伊夏，迁居我邦。①
　　请看，她巨大的翅膀已在此土张开，
　　预备孵化一个，铅做的新萨吞时代②。
　　愚痴女神盘踞高墙深院，称王称霸，
30　并且嘲笑蒙罗，竟然妄想拉她下马，③
　　深院门廊，有伟大希伯的著名父亲，
　　为希伯那些无脑兄弟，雕塑的金身；④
　　深院侧畔，有座俗人看不见的小筑，

---

① 波伊夏（Boeotia）是古希腊的一个地区，雅典人认为该地居民格外愚蠢。这里的"波伊夏"代指爱尔兰，因为十八世纪的英格兰人认为爱尔兰人比较蠢笨，"我邦"则是指蒲柏所在的英格兰。波伊夏既然是蠢人居所，想必也是呆瑟女神久居之地，但鉴于英格兰的风气日益粗鄙，可见呆瑟女神已经离开爱尔兰，到英格兰来作祟了。

② 萨吞（Saturn）是古罗马神话中的农神，他统治罗马的时代是一个和平富庶的黄金时代。"萨吞时代"因此与"黄金时代"同义，但原注（此诗原注大部分出于蒲柏之手，也有一些是蒲柏友人的贡献，部分原注不能确知出于谁手）指出，在炼金术士的语言里，"Saturn"（此处应解为以萨吞命名的土星）代表的是金属铅。

③ "高墙深院"指的是又称"疯人院"（Bedlam）的伯利恒精神病院（Bethlem Royal Hospital），詹姆斯·蒙罗（James Monro，1680—1752）于1728年成为该院主治医师，职责是努力赶走占据病人心智的"愚痴女神"（Folly）。本卷概述所说的"呆瑟女神公会"，指的就是这座精神病院。

④ 希伯的父亲盖尤斯·加布里埃尔·希伯（Caius Gabriel Cibber，1630—1700）是一位雕塑家，曾为伯利恒精神病院的门廊雕塑两尊石头人像，分别名为"抑郁"（Melancholy）和"癫狂"（Raving Madness）。"金身"原文为"brazen"，有"铜铸"之义。人像虽为石质，但蒲柏坚持在诗中使用"brazen"一词，原因是这个词兼有"厚颜无耻"之义。

　　　　　这小筑便是穷酸诗文,寄身的巢窟。①
35　空洞的呼啸寒风,穿过凄冷的暗房,
　　　　　正好可以象征,空乏所催生的乐章。
　　　　　在这里,吟游诗人如普罗透斯一般,
　　　　　变化多端无从缉拿,引来满城惊叹;②
　　　　　在这里,杂编纷纷出炉,每周都不少,
40　寇尔的纯洁刊物,林托的红字广告;③
　　　　　这里孕育了,诵经泰本的哀惋诗句,④
　　　　　以及各色期刊、杂览、"墨丘利"和杂志,⑤
　　　　　以及墓室谎言,将我们的圣墙玷污,⑥

---

① "穷酸诗文,寄身的巢窟"(Cave of Poverty and Poetry)就是本卷概述所说的"私家学院"。据原注所说,穷酸巢窟之所以理当与疯人院为邻,是因为一些人没有文艺才赋,本应该选择其他行当,但他们非要炮制拙劣诗文,既使得自身陷于窘困,又使得公众厌恶不堪,可以说害人害己,十足疯癫。

② 普罗透斯(Proteus)是古希腊神话中的一个海中神祇,以变化多端著称,蒲柏用来比拟那些靠假名等手段逃脱文责的雇佣文人。

③ 杂编(Miscellany)是当时流行的一种汇编多人作品的出版物;寇尔(Edmund Curll, 1675?—1747)为英国书商,靠庸俗下流的出版物致富,并曾恶毒攻击蒲柏;林托(Bernard Lintot, 1675—1736)亦为英国书商,出版了许多蒲柏著作(在《呆厮国志》面世之后依然如此),但曾因合同纠葛与蒲柏失和;"红字广告"指的是用红字印刷的新书广告。

④ 泰本(Tyburn)是当时伦敦一个处决犯人的行刑地点。据原注所说,按照古老的英格兰习俗,在泰本伏法的犯人须在临刑前吟诵圣歌,人们还会在犯人死时或死前刊行挽歌。

⑤ 墨丘利(Mercury)是古罗马神话中众神的信使,他的名字经常被报章杂志用作刊名。

⑥ "墓室谎言"指刻在教堂墓室里的墓志铭,铭文往往是虚假不实的阿谀之词。

　　　　　以及新年颂诗[1],外加格拉布街一族。[2]

45　　在这里,呆厮女神闪耀云遮的华光,
　　　　　四大美德[3]撑起宝座,环绕在她身旁:
　　　　　首先是猛将勇毅,他无惧任何嘘声,
　　　　　无惧凌辱与冻饿,也无惧割耳之刑[4];
　　　　　其次是夷然节制,那些个如饥似渴

50　　追求卖文事业的人,都受他的福泽;[5]
　　　　　再次是明智,他使人懂得躲开牢狱;
　　　　　最后是诗性正义[6],他手中天平高举,
　　　　　以便他精打细算,用金子称量事实,

---

[1] 据原注所说,当时的桂冠诗人须为新年撰写颂诗,以供宫廷庆祝元旦之用,而希伯撰写的新年颂诗"别具一格",使蒲柏不得不把这类诗歌列为抨击对象。

[2] 格拉布街(Grub Street)是伦敦故城的一条街道,街上当时有许多印刷机构和卖文为生的潦倒文人,还有一些受政府资助的宣传喉舌,以至于这条街逐渐变成了雇佣写作和拙劣作品的代名词。自己也曾在格拉布街卖文的英国词典编纂家塞缪尔·约翰逊(Samuel Johnson,1709—1784)曾经写道:"新闻写手全无德性,只知道窝在家里,靠撰写谎言牟取私利。这些文章不需要天才和学问,也不需要勤勉和精力,必不可少的只是不顾廉耻、漠视事实。"

[3] 西方古人所说的四大美德(four cardinal virtues)是勇毅(Fortitude)、节制(Temperance)、明智(Prudence)和正义(Justice)。诗中说的是这些美德的堕落变体。

[4] 此诗嘲讽对象之一、英国律师及作家威廉·普莱恩(William Prynne,1600—1669)曾被控诋毁君王,因而遭受割耳之刑,参见本卷下文。

[5] 这两行是戏仿《新约·马太福音》的语句:"如饥似渴追求正义的人有福了,因为他们必得饱足。"

[6] 诗性正义(Poetic Justice)是英国诗人及批评家托马斯·莱默(Thomas Rymer,1643—1713)创造的一个术语,指文学作品通过结局安排来劝善惩恶的叙事技巧。这里的诗性正义是反语。

用沉甸甸的布丁，称轻飘飘的颂词。

55　女神从宝座凝望，黑暗混沌的深渊，
　　看种种无名物事，在昏睡之中企盼，
　　等某个温暖三朝，或者开恩的雅各，①
　　将它们这等货色，唤作戏剧或诗歌；②
　　看种种胚芽如鱼卵一般，生机盎然，
60　看无聊的废话呱呱坠地，初学哭喊，
　　看半成形的蛆虫③，遵循谨严的法度，
　　想爬得有板有眼，跟上诗歌的音步。
　　区区一个字眼，可拼凑一百句双关，
　　柔软可塑的愚顽，总是能绕出新弯；④
65　五花八门的形象，撩动女神的兴致，
　　全都是胡乱搭配，不伦不类的比拟。
　　她看见一堆化身，乱糟糟走向前方，
　　边走边疯癫乱舞，使得她心花怒放；

---

①　依照当时的剧场惯例，籍籍无名的剧作家若是把新戏送上舞台，必须等新戏连演三晚（亦即制作方收回成本之后）才能拿到报酬；"雅各"指当时英国的大出版商雅各·童森（Samuel Jacob Tonson，1655—1736）。

②　据原注所说，以上四行是戏仿英国医生及诗人塞缪尔·加斯（Samuel Garth，1661—1719）讽刺史诗《药房》（*The Dispensary*，1699）第六章的诗句："他们在冥界的苗圃里看见，／昏睡的花草，躺在花床上企盼，／等待开恩的阳光，发来喜人的宣谕，／解封土壤，唤醒它们的生机。"

③　"蛆虫"的原文"maggot"兼具"空想、狂想"之义。

④　据原注所说，这一行是戏仿加斯《药房》第一章的诗句："柔软可塑的物质，如何绕出新弯。"

　　　　看见悲剧和喜剧,紧紧地抱在一起;
70　　看见闹剧和史诗,合成混乱的品系;①
　　　　看见她一声令下,时间便止步不前,
　　　　王国便移动位置,沧海也变成桑田。
　　　　于是有华丽篇章,说埃及喜迎雨水,
　　　　说新地能采果子,说巴卡能看花卉;②
75　　白皑皑的座座山岗,闪耀冰雪寒光,
　　　　脚下的山谷却美如锦绣,终年绿装,
　　　　寒冷刺骨的十二月,开出芬芳繁花,
　　　　沉甸甸的弯垂谷穗,长在积雪之下。
　　　　透过放大场景的雾气,这驱云③女王,
80　　观看前述种种奇观,以及其余怪状。
　　　　只见她,身披贴有亮片的七色长袍,
　　　　洋洋自得地检阅,她这些疯狂创造;
　　　　看这些昙花一现的怪物,攀升跌落,
　　　　怪物都跟她一样,满身的五彩斑驳。

---

① 蒲柏推崇古典正统的文艺观,反对当时一些作家混搭体裁的做法。
② 新地(Nova Zembla)是北冰洋里的一个群岛,全年冰封,没有果子可采。巴卡(Barca)是北非古城,位于利比亚沙漠地带,不是赏花佳处。另据原注所说,埃及的农业灌溉完全靠尼罗河的定期泛滥,根本用不着雨水。这几行是讽刺安布罗斯·菲利普斯(参见前文注释)创作的《田园组诗》(*Pastorals*),指责菲利普斯一味追求辞藻华丽,意象丰富,不顾现实时空的真实情形。
③ "驱云"原文为"cloud-compelling",源自古希腊神话中主神宙斯的别号"cloud-gatherer"(聚云者)。蒲柏把呆蠢女神称为"驱云女王",暗示女神的威力堪与宙斯匹敌。

85　正是在这一天，豪富庄重的某某人①，
　　如塞蒙一般，在水上陆上同时得胜：②
　　（这排场倒无妨，只用不饮血的剑杖，
　　欢喜饰链，暖和裘衣，宽旗幡，宽脸膛。）③
　　但此时夜幕降临，骄奢场面已终结，
90　只能借瑟透的诗篇，苟延一时半刻。④
　　此时市长和治安官，皆已饱足安躺，
　　只不过还在梦里，大嚼日间的奶黄⑤；
　　唯有沉吟的诗人，还在痛苦中警醒，
　　自己不眠不休，好让读者睡得安稳。

---

①　"某某人"原文是两个星号，表示姑隐其名。在《呆厮国志》的早期版本当中，代替星号的是"Thorold"，指1719年担任故城市长的英国富商乔治·梭罗德（George Thorold，1666?—1722）。《呆厮国志》最终版之所以用星号替代梭罗德的名字，是因为这个版本问世于1743年，如果还把梭罗德写成市长，可能会显得过时。

②　塞蒙（Cimon，前510—前450）为古希腊将领及政客，曾率军取得海战和陆战的胜利。另据原注所说，伦敦的"市长巡游"一部分是走水路，一部分是走陆路。这两行点明诗中情节发生在"市长日"。

③　这两行说的剑、杖、饰链、裘衣都是故城显贵在"市长日"穿戴的典礼衣饰，之所以说"无妨"，是因为"市长巡游"虽然跟庆祝战争胜利的凯旋仪式一样铺张，却不像后者那样以鲜血为代价。

④　瑟透（Elkanah Settle，1648—1724）为英国剧作家及诗人，从1691年开始担任故城的"市立诗人"（city poet），职责是每年撰写献给故城市长的颂诗，以及"市长巡游"的庆典诗歌。除了撰写应景诗歌之外，瑟透还经常以诗作向权贵邀宠或换取好处。庆典场面只能借他的作品"苟延一时半刻"，说明他的作品没有生命力，不能使吟咏对象永垂不朽。

⑤　奶黄（custard）由鸡蛋牛奶混合加热凝固而成，是故城庆典上的传统美食。

95 庆典使得这念旧的女王，悠悠回想，
一众市属天鹅①，曾在这城墙里吟唱；
久久回味，他们的诗艺和古老颂歌，
以及他们，始自海伍德②的旺盛香火。
她喜孜孜地看见，这一脉永世长存，
100 每位先辈都给子嗣，打上光辉烙印：
好比心细的熊罴，付出塑形的关爱，
把熊罴的形体，赋予成长中的幼崽。③
躁狂的笛福，身上有普莱恩的光芒，④
尤斯登续写，布莱克莫的无尽诗行；⑤
105 菲利普斯蠕蠕爬行，像泰特的跟班，⑥

---

① "市属天鹅"即市立诗人，之所以说"曾在这城墙里吟唱"，是因为瑟透之后，伦敦故城废除了市立诗人这个职位。

② 海伍德（John Heywood, 1497?—1580?）为英国诗人及剧作家，可能是伦敦故城的第一位市立诗人。但据英国书籍装帧家西里尔·达文波特（Cyril Davenport, 1848—1941）所说，第一位正式的市立诗人是 1657 至 1664 年间担任此职的约翰·塔萨（John Tatham）。

③ 根据西方的民间传说，熊崽生下来是个不成形的团块，要靠母亲用舌头舔舐，才能长成熊的模样。

④ 普莱恩见前文注释，笛福（Daniel Defoe, 1660?—1731）为英国著名作家，《鲁宾逊漂流记》（Robinson Crusoe, 1719）的作者。普莱恩曾受割耳之刑，笛福也曾被枷号示众，另据原注所说，把笛福称作普莱恩的继承者格外合适，因为两人都既写诗歌又写政论。

⑤ 尤斯登见前文注释。布莱克莫（Richard Blackmore, 1654—1729）为英国诗人及医生。"无尽诗行"是说两人都炮制了大量平庸之作。

⑥ 菲利普斯即安布罗斯·菲利普斯。泰特（Nahum Tate, 1652—1715）为英国诗人，1692 年成为桂冠诗人，原注说他诗风僵硬，全无创新。

邓尼斯的冲天怒火,尽显神圣狂癫。①
她还看见自己形影,浮现此辈之身,
尤其是在贝斯②,那哺育怪物的胸襟;
造化差遣贝斯,来造福舞台与王城③,
110　无论戏里戏外,他都是成功的丑星。④
呆厮女神乐陶陶,看着这活泛呆厮,
想起她自己,也曾是活泼的代名词。⑤
如今(幸运女神瞎眼!⑥)贝斯赌运糟糕,
剧场又观众寥寥,再不能得意狂笑:
115　我们的主人公晚饭不思,伏案嘶吼,
谩骂他的骰子之神,诅咒他的运头。
然后咬他的笔杆,再把笔甩到地面,
心念一根筋往下钻,沉入浩瀚深渊!

---

①　邓尼斯(John Dennis, 1657—1734)为英国批评家及剧作家,曾猛烈抨击蒲柏。"神圣狂癫"原本指神示或天启带来的一种有似疯狂的极端体验,这里则是反语,暗指邓尼斯脑子有问题。

②　贝斯即科利·希伯,此诗的主要抨击对象,参见前文注释。

③　"王城"原文为"Town",指伦敦的上流圈子,与代表商业文化的"City"(故城)相对。

④　希伯不仅是诗人和剧作家,还是个成功的喜剧演员,以饰演丑角闻名。

⑤　据原注所说,希伯曾在写给蒲柏的信中如是自辩:"你至少得承认,我不光呆傻,而且活泼。什么! 难道我只是呆傻,还是呆傻,又是呆傻,永远呆傻?"

⑥　西方民谚有"幸运女神青睐胆大者"和"幸运女神青睐傻子"之说。另据原注所说,希伯有三重理由得到幸运女神的青睐,因为他又胆大又呆傻,而且好赌(亦即相信运气,崇奉幸运女神)。他抱怨幸运女神瞎眼,原因就在这里。

钻下去寻找理性，却发现深渊无底，
120　但他依然在绝望中挣扎，瞎写一气。
　　　他的四周躺着许多胚胎，许多死婴，
　　　许多未完成颂诗，许多半截子剧本；
　　　纷飞如雨的废话，好比汩汩的铅水，
　　　偷偷溜出了，他脑袋的裂缝与沟回；
125　愚痴与狂热结合，造就的一切产品，
　　　呆傻热量的硕果，庸才生下的夋精。①
　　　接下来他眼珠一转，扫视他的书籍，
　　　乐颠颠地回忆，他窃取的所有东西，
　　　回忆自己如何东嚯一滴，西偷一桶，
130　满世界吸吮，像一只勤劳的寄生虫。
　　　这里有弗莱彻，被啃掉一半的场景，②
　　　有惨遭活剥的莫里哀，华丽的铺陈；③
　　　有倒霉的莎翁，但却是提博德所编，

---

① 亚里士多德认为身体热量是人类繁衍后代的一个关键因素，贝斯（希伯）的"热量"既然"呆傻"，自然只能产生不像样的后代（作品）；夋精（sooterkin）是西方传说中的一种黑色怪物，跟老鼠差不多大，据说是一些荷兰女人生出来的，原因是她们坐在暖炉上烤火，或者把暖炉放到了衬裙底下。

② 据原注所说，希伯的剧本大量剽窃了英国剧作家约翰·弗莱彻（John Fletcher，1579—1625）的作品。

③ 希伯的剧作《叛逆教士》（*The Nonjuror*，1717）改编自法国剧作家莫里哀（Molière，1622—1673）的著名喜剧《伪君子》（*Tartuffe*，1664）。

   使莎翁恨不得，亲手涂掉他的诗篇。①

135 架上的其余书籍，用场只是装门面，
   或是把房间填满，如别的呆子一般；②
   它们体量可观，占据相当大的空间，
   或是像受宠的儿童，浑身金红耀眼；③
   或是依靠插图，给苍白的书页遮丑，

140 夸尔斯便是如此，靠外来的美拯救。④
   这里有伟人奥吉比⑤，几乎撑破书架，
   有纽卡斯尔⑥全集，金纹章闪耀奢华。

---

 ① 蒲柏曾编纂莎翁作品集，其后西奥博德（即提博德，见前文注释）也编了一个版本，并声称蒲柏编的版本多有讹误（后世学人普遍认为，西奥博德的版本确实优于蒲柏），此事是两人结怨的主要因由。莎翁戏剧集首版的编者曾称颂莎翁文思敏捷，手稿没有涂改痕迹，这两行的意思是希伯剽窃莎翁，用的是西奥博德的版本，但这个版本极不忠实，莎翁如果看到自己的作品遭人如此篡改，会恨不得亲手涂掉了事。

 ② "别的呆子"指应邀在宴会上凑数的闲人。据原注所说，贝斯的藏书分为三个部分，第一部分供他剽窃之用，第二部分用于装点门面，第三部分是神学书籍、古代评注、古代英译著作等杂书。所有这些都是大部头，适合堆筑献给呆厮女神的祭坛。

 ③ 注重装帧的人会像精心打扮孩子的家长一样，给书籍加上红色皮制封面和烫金装饰。

 ④ 夸尔斯（Francis Quarles，1592—1644）为英国诗人，诗歌多与宗教有关。他的代表作《象征诗集》（*Emblems*，1634）包含许多插图，蒲柏认为他的诗空洞无味。

 ⑤ 奥吉比（John Ogilby，1600—1676）是半路出家的英国作家及翻译家，出版了许多装帧华丽的大部头。蒲柏少时酷爱奥吉比编印的插图版荷马史诗。

 ⑥ "纽卡斯尔"指纽卡斯尔公爵夫人玛格丽特·卡文迪许（Margaret Cavendish，1623—1673），她打破女性匿名发表作品的当时习俗，以真名出版了大量著作，由此招致时人讥讽。她的著作通常封面烫金，印有家族纹章。

贝斯那些受难的兄弟,全都在这里,
逃脱殉道的命运,躲过茅厕和火堆。①

145　好一份哥特藏书!希腊罗马的焦土,②
以及可敬的瑟透、班克斯和布洛姆。③
书架高处,倒也有较比笃实的知识,
有经典之作,来自前无古人的时期;
有沉睡的卡克斯顿,旁边躺着文肯,④

150　一个是木板书封,一个是牛皮装订;
有神学著作的干尸,像一堆木乃伊,
靠香料才得保存,许多年无人搭理;

---

① 这两行意思是,前述作家都跟贝斯一样,是没有文才硬要从文的蹩脚作家。他们的著作没有价值,本来会成为厕纸或燃料,但贝斯收藏了这些书,给它们提供了避难所。

② 公元三至五世纪间,日耳曼民族哥特人(Goth)劫掠罗马帝国,造成巨大的文化破坏。"哥特"在西方文化中往往是野蛮愚昧的代名词,与代表古典文化的希腊罗马相对。

③ 据原注所说,蒲柏之所以特意点出贝斯(希伯)的藏书包括这三个人的著作,是因为他们分别对应希伯的三个侧面:瑟透与希伯同为官聘诗人;班克斯(John Banks,1650?—1706)与希伯同为悲剧作家;布洛姆(Richard Brome,1590?—1652)和希伯一样惯于剽窃。除此而外,蒲柏在诗中把"Brome"(布洛姆)写成了"Broome"(布茹姆),可能是为了捎带着讽刺威廉·布茹姆(William Broome,1689?—1745)。蒲柏曾雇请布茹姆协助自己翻译荷马史诗,但又对布茹姆颇有不满。

④ 卡克斯顿(William Caxton,1422?—1491?)是英国历史上第一个印刷商,文肯(Wynkyn de Worde,?—1534?)是卡克斯顿的助手和后继者,两人印行了大量古典作品。

    有德利尔①评注,排成一张可怕的脸,
    有斐乐蒙②译著,压得书架变形呻唤。
155 突发奇想的贝斯,抄起十二本③书籍,
    它们部头最大,逃脱了蜡烛和饼子,④
    如今被他用作材料,筑起一座祭坛:
    祭品清洁无瑕,数量适合大型祭典;⑤
    一本对开的摘抄簿,给祭品堆垫底,
160 贝斯的所有作品,无不以它为基石;
    各色四开八开书本,码成一座尖塔,
    一篇祝寿歪诗,充作火葬堆的塔刹。⑥
    贝斯念道:"驯服人类艺文的尊神啊!
    "你是我至高主上,我为你时刻牵挂;
165 "呆厮女神啊!我捍卫你古老的大业,
    "从活宝爵士凭借假发,得宠的时刻,⑦

---

 ① 德利尔(Nicholas de Lyra,1270?—1349)为法国修士及学者,中世纪的权威《圣经》注家。
 ② 斐乐蒙(Philemon Holland,1552—1637)为英国医生及翻译家,将许多拉丁古典著作译成了英文。
 ③ 《旧约·出埃及记》等处多次提及为数十二的祭坛构件、祭献器皿或祭品。
 ④ 意即这些书籍本来可能被人撕开,用来点蜡烛,或是充当馅饼烤盘的衬纸。
 ⑤ 如下文所说,祭品都是贝斯自己的诗作,这些诗没人买也没人读,所以"清洁无瑕"。
 ⑥ 桂冠诗人的职责之一是为君王寿诞撰写颂诗。
 ⑦ 1696年,希伯的喜剧《爱的绝地反击》(*Love's Last Shift*)登上舞台,希伯在其中饰演爱出风头的丑角"新时尚爵士"(Sir Novelty Fashion),也就是诗中所说的"活宝爵士"(Sir Fopling)。这部戏风靡一时,据原注所说是希伯赢得上流社会青睐的开端,剧中的"活宝爵士"戴着夸张的假发。

"直至我赢得最终荣耀,御酒①与桂冠;
"我的缪斯自你而生,终身供你驱遣;
"你呀!你就是一切事业的指路明灯,
170 "人类脑袋有了你,如滚球有了重心,
"虽然说滚得费劲,走位却更加精到,
"歪歪扭扭地滚向,视野之中的目标;②
"噢!你对迷惘的人类,始终恩德无边,
"至今用疗伤的迷雾,罩住人类心田;
175 "还让我们在原初黑夜里,安享快乐,
"除非才智的狂乱光舞,引我们犯错。
"万一有某个活宝,露出才智的端倪,
"你会谨守边界,不让才智走向真知;
"或者把理性的思维,一股脑地搅乱,
180 "然后用古怪蛛网,取代理性的丝线!③
"我的空乏,我的机变,我的激情火焰,
"全靠呆厮女神庇佑,赐予它们灵感,

---

① 从1630年开始,英王会逐年向桂冠诗人颁赐美酒,至1790年才依照新任桂冠诗人亨利·詹姆斯·派(Henry James Pye,1744—1813)的请求,代之以等值现金。

② 起源于十二或十三世纪的草地滚球(bowls)是英国人十分热衷的运动,其规则大致与冰壶相同,以将球滚到距目标球较近的地方为胜。滚球通常是木头做的,重心不在球的中心,滚的时候会发生偏转,选手必须手法娴熟,才能把球滚向目标。

③ 据原注所说,单独的才智或理性并不能对呆厮女神构成严重的威胁,除非才智与真知相结合,理性与功用相结合。正因如此,呆厮女神务必阻碍才智走向真知,并用既不真实又无用处的"蛛网"取代"理性的丝线"。

　　　　"好比有了气枪驱使,铅丸也能飞翔,
　　　　"笨重的子弹,也能闪电般划过穹苍;
185　"又好比大钟,靠重力才能灵敏走时,
　　　　"上方的齿轮,动力来自下方的坠子。
　　　　"妖魔(恕我用词不恭)曾偷走我的笔,
　　　　"害得我一度犯错,写出了些许常识:
　　　　"否则我的散文韵文,本可保持一贯,
190　"要么是浮夸词赋,要么是跛脚诗篇。
　　　　"难道我那些活宝,在台上显得拘泥?
　　　　"我的一生能给人类,更丰富的教益。
　　　　"难道僵死的文字,算不上有力证言?
　　　　"鲜活生动的范例,终归能感化愚顽。①
195　"但天命若然有意,拯救女神的帝国,
　　　　"肯定会让我的作品,多活一时半刻。
　　　　"要说有人能单拳只手,拯救特洛伊,
　　　　"只能是我这支,效命女神的鹅毛笔。②

---

① 以上四行是贝斯在呆瑟女神面前的自辩,意思是他的戏剧和诗文虽然偶尔误入"常识"的歧途,他的人生却是呆傻的样板,足可引领更多的人皈依呆瑟女神。

② 以上四行暗用了古罗马诗人维吉尔(Virgil,前70—前19)英雄史诗《埃涅阿斯纪》(*Aeneid*)的典故,将女神的帝国比作覆灭的特洛伊城(Troy)。特洛伊遭受希腊联军围攻之时,特洛伊王族的安喀塞斯(Anchises)曾说:"众神若有意延续我的生命,必定会保住这座城。"特洛伊即将陷落之时,战死的特洛伊第一勇士赫克托耳(Hector)托梦给安喀塞斯的儿子埃涅阿斯(Aeneas),叫他逃离特洛伊,不要再继续守城,因为"要说有人能单拳只手,拯救特洛伊,/那也只能是,我(赫克托耳)的这只手臂"。这四行说明,贝斯已经对呆瑟女神的"大业"感到绝望。

"如今我当如何?是扔掉我的弗莱彻,
200 "把指引过我的《圣经》,重新奉为圭臬?①
"还是去走,冒险英雄们爱走的蹊径,
"把骰盅当作雷霆,把右手当作神明?②
"还是去怀特俱乐部,充当博士首席③,
"教赌徒指天发誓,教贵人使诈用计?
205 "又或者你的要求,是让我投身党争?
"(你鼓励党争,和所有拉帮结派之人;
"绳头他们随便选,绳子总是同一根;
"瑞帕斯或者米斯特,女神一视同仁。)④
"难道我该学克修斯⑤,怀着绝望赤诚,

---

① 如前文注释所说,弗莱彻是希伯(贝斯)的剽窃对象。另据原注所说,希伯的父亲曾经想把希伯培养成教士。这两行的意思是贝斯想放弃写作,遁入教门。

② 这两行是说贝斯打算投身赌场,用摇骰盅发出的声音比拟雷霆,摇骰盅的右手比拟决定运气的神灵。

③ 怀特俱乐部(White's)是伦敦最古老的绅士俱乐部,始创于1693年,至今犹存。在蒲柏的时代,这家俱乐部以赌博风行闻名,会员包括希伯;"博士"原文为"doctors","doctor"一词兼有"博士"和"灌铅骰子"之义,中文"博士",字面亦可解为"赌博之士"。另据原注所说,以上四行代表贝斯投身赌场的两个选择,一个是公平赌博,一个是使诈骗钱。

④ 当时英国的主要政党是辉格党(Whigs)和托利党(Tories),前者在朝,后者在野。瑞帕斯(George Ridpath, ?—1726)是辉格党的喉舌,米斯特(Nathaniel Mist, ?—1737)是托利党的吹鼓手。蒲柏虽然倾向于托利党,但这几行诗表明他厌恶勾心斗角的党争,并不偏袒任何一方。

⑤ 克修斯(Marcus Curtius)是古罗马共和国的传奇勇士。据说在公元前362年,罗马发生了地震,致使罗马广场上出现一个巨大的深坑。占卜师说众神要求罗马献出最宝贵的财富,深坑才能合拢。勇士克修斯认为罗马最宝贵的财富是武装和勇气,于是全副武装,骑马跳进深坑,深坑即刻合拢。

210　"为共和国的利益,献出全部的生命?
　　"还是该嘎嘎作声,捍卫托利的王权,
　　"使得古罗马的鹅群①,再无荣耀可言?②
　　"且慢——我还是更想,为那位大臣效力;
　　"女王啊!为他奔走,无异于为你服役。③
215　"看哪!连你的公报写手,也已经放弃,
　　"连拉尔夫也后了悔,亨莱也停了笔。④
　　"我们还剩下什么?只剩下我们自己,
　　"依旧是,依旧是希伯面皮,希伯脑子。
　　"我这份厚颜活力,格外受乡绅青睐;
220　"我这份精致冷酷,使贵族戚戚同怀;
　　"我这份透顶荒唐,吸引人精和草包;

---

①　据说古罗马的鹅群曾在高卢人夜袭时嘎嘎作声,惊醒了罗马人,拯救了罗马城。

②　以上四行是贝斯在盘算,究竟是继续支持辉格党(希伯属于辉格党阵营,该党极力维护议会权威,故有"共和国"之说),还是卖身投靠托利党(托利党极力维护王权),为托利党大肆鼓吹,使"古罗马的鹅群"相形见绌。

③　"那位大臣"指权倾一时的辉格党领袖罗伯特·沃波尔(Robert Walpole,1676—1745)。此人是英国历史上第一位事实上的首相,蒲柏对他十分反感。这里的"女王"既是指呆斯女神,同时也暗指乔治二世的王后卡罗琳(Caroline of Brandenburg-Ansbach, 1683—1737),她对沃波尔十分赏识。

④　"公报"指当时的英国报纸《每日公报》(*Daily Gazetteer*),该报长期充当沃波尔的首要宣传喉舌,但在1742年沃波尔辞职后软化了党派立场;拉尔夫(James Ralph,1705—1762)为英国政论家及历史学家,曾为政府鼓吹,后转入反政府阵营;亨莱(John Henley, 1692—1756)为英国教士及演说家,曾为维护政府权威而攻击蒲柏,但于1741年关掉了他主编的亲政府周刊。

"这盘杂烩兼具,霍克莱和怀特①味道;

"公爵和屠户都叫好,送我花冠一顶,

"我娱乐上流社会,既是熊又是提琴。②

225 "唉,尔等因罪孽而生,因蠢举而问世!

"尔父之过使尔等,已遭或将遭诟詈!③

"去吧,去接受火焰的洗礼,升入天际,

"我这些格外优秀、格外规矩的子女!④

"你们清白无瑕,无人触碰,仍是童身,

230 "不像你们那肮脏的姊妹,满街弄影。

"你们不用乞讨,不像布兰德的赠报,

"拿着要饭的执照,满世界浪荡招摇;⑤

"也不用随瓦德远航,前往猿猴之地,

---

① 霍克莱(Hockley-in-the-Hole)是当时伦敦的一个下流地方,有斗牛、斗熊等低俗表演,"怀特"即前文所说的怀特俱乐部,是一个上流场所。

② 当时的斗熊表演(一般是让狗和熊相斗)通常以提琴音乐开场。"提琴"原文为"fiddle",兼具"骗局""笑柄"之义。

③ 这两行以及以下独白都是贝斯对自己的作品(行将付之一炬的祭品)说的话。

④ "格外优秀、格外规矩"指贝斯(希伯)的作品无人问津,因此"清白无瑕",同时影射希伯的一些子女不守规矩的事实。希伯的儿子希奥菲勒斯·希伯(Theophilus Cibber, 1703—1758)是个演员,私生活声名狼藉,幼女夏洛特·恰克(Charlotte Charke, 1713—1760)也是演员,希伯与她断绝了父女关系。

⑤ 据原注所说,《每日公报》之类的政府宣传品往往免费赠阅,还可以免费投递到英国各地;布兰德(Henry Bland, 1677?—1746)为英国教士,曾任伊顿公学校长,曾为《每日公报》前身《每日新闻报》(*The Daily Courant*)写稿。蒲柏把这类赠阅宣传品比作获得官方许可去外乡讨饭的乞儿。

"当地人拿劣等烟草,交换下流诗句;①
235 "不会蘸上硫磺,用来点酒馆的灯烛,
"也不会包上橙子,助他人攻击为父!②
"噢!你们会以婴孩的状态,清白解脱,
"进入泰特前辈的居所,宜人的灵泊;③
"或者是坦然湮灭,领取汩没的福泽,
240 "在夏德维尔④怀里,享受永远的安歇!
"去吧,快快回归,那一团混沌的呓语,
"已毁之物在那里,与未生之物汇聚。"⑤
说话间一滴泪水(夸张的仁慈表记!),

---

① 这里的瓦德指爱德华·瓦德(Edward Ward,1667—1731)。瓦德为英国讽刺作家,著有反映伦敦生活的通俗作品《伦敦近观》(*The London Spy*)。据原注所说,瓦德的作品在英国的各个殖民地("猿猴之地")很受欢迎。

② 硫磺火柴(蘸了硫磺的木条)源自古罗马,至十八世纪仍有使用;当时的剧场售卖用纸包裹的橙子,愤怒的观众可能会用橙子投掷演员。

③ 泰特也是桂冠诗人,因此是希伯的前辈,参见前文注释;灵泊(Limbo)是基督教所说一个介于天堂地狱之间的处所,用于安置死在基督降生之前的义人,以及未受洗礼的夭亡婴儿。

④ 夏德维尔(Thomas Shadwell,1642?—1692)为英国诗人及剧作家,1689年成为桂冠诗人。据《新约·路加福音》所载,乞丐拉撒路死后,被天使带去,"放在亚伯拉罕怀里"(亚伯拉罕是《圣经》记载的以色列人始祖)。这两行暗用了这个典故,把亚伯拉罕换成了前辈诗人夏德维尔。"亚伯拉罕的怀抱"和灵泊都是义人死后前往的处所,但都不是真正的天堂。

⑤ 英国诗人约翰·维尔莫特(John Wilmot,1647—1680)曾将古罗马哲学家及作家塞内卡(Seneca,前4?—65)的诗作《特洛伊女人》(*Troades*)译成英文,译本中有这样的诗句:"死去之时,我们成为世界的赘余,/ 将会被扫进,那一团混沌的物质,/ 已毁之物和未生之物,都贮藏在那里。"

悄悄滑过这位大师,七层厚的面皮;
245 他三次高高举起,自作的寿诞颂诗,
三次又抖抖索索,把诗篇放回原地;
最后他移开视线,将祭坛供品点燃,①
滚滚浓烟,裹住他敬奉女神的祭献。
他的书次第露头,显现在烟雾隙罅,
250 先是起火熙德,又轮到燃烧佩罗拉;
伟大的恺撒在火中咆哮,嘶嘶切齿,
约翰王默默无声,乖乖地归于一死;
亲爱的叛逆教士,再没有任何长处;
莫里哀的老麦茬,转眼间葬身火窟。②

---

① 以上三行暗用了卡吕冬(Calydon)王后埃尔西亚(Althaea)杀死亲生儿子麦莱亚戈(Meleager)的神话典故。据奥维德《变形记》第八卷所载,命运女神预言麦莱亚戈的生命与一块木头相连,如果木头被烧毁,麦莱亚戈就会死亡。埃尔西亚小心保藏这块木头,但后来得知麦莱亚戈杀死了她的几个兄弟,于是决定烧毁木头,杀死麦莱亚戈。她点起一堆火,"四次想把致命的木头,扔进火堆,/四次又踌躇犹豫,不忍下此毒手",最后才"扭开了脸,把致命的木头扔到火里"。

② "熙德"指希伯根据法国剧作家高乃依(Pierre Corneille, 1606—1684)剧作《熙德》(*Le Cid*, 1637)改编的戏剧《希梅纳》(*Ximena*, 1712);"佩罗拉"指希伯剧作《佩罗拉和伊萨多拉》(*Perolla and Izadora*, 1705);"恺撒"指希伯剧作《恺撒在埃及》(*Caesar in Egypt*, 1724);"约翰王"指希伯剧作《约翰王一朝的教皇暴政》(*Papal Tyranny in the Reign of King John*),该剧因政治原因遭到禁演(1745年才上演),故有"默默无声"之说;"叛逆教士"指希伯的同名剧作,该剧是由莫里哀作品改编而来(参见前文注释),等于捡拾莫里哀剩下的"老麦茬"。

255　贝斯再度落泪，像苍白的普里亚姆，
　　　眼看最后的烈火，将伊林化为烟雾。①
　　　烧书的光焰，惊动古老的呆厮女神，
　　　她抬起头来，从床边抄起《苏里》②一本，
　　　突然间飞临现场，用《苏里》盖住火堆，
260　火头便立刻低落，嘶一声变作冷灰。
　　　女神的庞大身形，把整个房间填满；
　　　一张雾气纱幂，放大她威严的容颜：
　　　她实是光彩照人！一如她凝视市长
　　　和治安官，教他们装腔作势的辰光。③
265　她吩咐贝斯，去她的殿宇④听候差遣，
　　　贝斯欣然前往，立刻感觉回返家园，
　　　好比灵魂结束，在凡尘俗世的游荡，
　　　飘飘然升入天堂，认出自己的故乡。⑤

---

①　普里亚姆（Priam）是特洛伊的末代君王，在希腊联军攻占并焚掠特洛伊之时被杀。伊林（Ilion）是特洛伊的别名。
②　菲利普斯的《苏里》见本卷概述的相关注释。
③　这两行借用了维吉尔《埃涅阿斯纪》当中智慧女神雅典娜在埃涅阿斯（埃涅阿斯是雅典娜的儿子）面前现身的场景，戏仿英国诗人约翰·德莱顿（John Dryden，1631—1700）《埃涅阿斯纪》英译本当中的诗句："她实是光彩照人，一如她凝视上界众神，/使众神对她，心生仰慕的时分。"德莱顿是英国第一位桂冠诗人，蒲柏对他十分推崇。
④　呆厮女神的"殿宇"即前文中的"小筑"。
⑤　兴起于公元三世纪的新柏拉图主义哲学（Neoplatonism）认为，灵魂源自天堂，最终可以重归天堂，俗世生活只是一种暂时的放逐。

　　　　　这伟大母亲①，觉得这殿宇无比珍贵，
270　这是她的包打听②俱乐部，或说行会；
　　　　　她在这里种她的鸦片，养她的鸱鸮，
　　　　　在这里设下宝座，好招待头号草包。
　　　　　她向她选定的代表，展示所有本领：
　　　　　如何给散文凑韵，将韵文拖成散文；
275　胡思乱想将如何，偶或显得有意义，
　　　　　偶或又将记忆中的常识，统统抛去；
　　　　　如何使得序篇，堕落到序言的境地，
　　　　　如何将序言降格，使之与注释无异；
　　　　　如何使所有学者，不厌恶索引学问，
280　反倒把知识鳗鱼的尾巴，牢牢抓紧；③
　　　　　区区一件似今实古、以旧充新之物，
　　　　　拼贴弗莱彻、莎翁、高乃依和普劳图，④

---

① 据原注所说，称呆眡女神为"伟大母亲"（the Great Mother），是把她比拟为古罗马的"*Magna mater*"（意为"伟大母亲"）。古罗马人崇奉的"伟大母亲"，指的是从亚洲弗里吉亚地区（Phrygia，今属土耳其）引入的大地母神库柏勒（Cybele）。库柏勒是天上众神和地上万物的母亲，代表大自然的化育之力。

② "包打听"原文为"quidnunc"，源自拉丁短语 *quid nunc*（意为"有什么新闻吗？"），指热衷于打听新闻八卦的人。

③ 给书籍附上索引的做法，当时还是种新鲜事物。这两行意思是，索引会导致读者投机取巧，不认真阅读书籍，以至于学问浮滑。索引总是在书的末尾，所以有"尾巴"之说。斯威夫特曾在讽刺作品《桶的故事》（*A Tale of a Tub*，1704）当中写道："整本书都受索引的主宰和操纵，正如鱼儿受尾巴的摆布。"

④ 普劳图（Plautus，前254?—前184）为古罗马剧作家，余人见前文注释。

　　　　无甚法国底蕴，希腊罗马更不必说，
　　　　将如何造就，奥泽尔、提博德或希伯，①
285　尽管它所含学问，还不够重犯免死，②
　　　　所含才赋，还不如神对猿猴的恩赐。
　　　　女神展示完本领，便念诵神秘咒文，
　　　　将神圣鸦片，撒上贝斯受膏的头顶。
　　　　看哪！女神的圣鸟（这是只丑怪飞禽，
290　有些像海德格尔③，又有些像猫头鹰），
　　　　降落在贝斯脑颅。④"欢呼吧！再次欢呼，
　　　"我的爱子！应许之地⑤，将以你为君主。
　　　"要知道尤斯登，戒绝了御酒和夸赞，

---

① 提博德见前文注释，奥泽尔（John Ozell，?—1743）为英国翻译家，蒲柏和斯威夫特的老对头。

② 据《大英百科全书》所说，十五至十八世纪，英格兰的重犯如果能证明自己识字，就可以逃脱死刑。证明识字的方法则是读出或背出《旧约·诗篇》第五十一章第一节："神啊，求你以你的慈悲怜悯我，以你无边的仁爱，抹去我的罪行。"

③ 海德格尔（John James Heidegger，1666—1749）是移居英国的瑞士人，长相奇丑，在英国大力推广假面舞会和歌剧之类为蒲柏所不取的娱乐，因此发家致富。海德格尔还曾为乔治二世的加冕礼设计特效。

④ 涂膏灌顶是一种推立宗教或世俗领袖的古代仪式，意义略似洗礼。诗中这个仪式是一种亵渎神圣的仿拟，场景类似耶稣受洗，仪式参与者构成邪恶的"三位一体"，呆厮女神、贝斯和怪鸟分别取代圣父、圣子和通常以鸽子为象征的圣灵。据《新约·马可福音》所载，耶稣受洗之时，"圣灵仿佛鸽子，降落在他身上，与此同时，天上传来一个声音，'你是我的爱子，我对你十分满意。'"

⑤ 应许之地（promised land）是《圣经》中上帝许给以色列人的乐土，这里是指呆厮女神的帝国。

"他已经入土长眠,与往古呆厮为伴;

295 "那里没有批评毒舌,没有债主追踪,

"安息着悖时的韦瑟、瓦德和吉尔东①,

"以及更显赫的先辈,大家子霍华德②,

"外加那个上流呆瓜,组成完整队列。③

"希伯啊!你,将会戴上尤斯登的桂冠,

300 "我儿愚痴女神,仍有朋友在朝掌权。

"尔等王公,速速开门,迎接他的来临!

"速速奏响,尔等提琴,收煞猫叫之声!④

"速速用癫狂的月桂,烂醉的葡萄蔓,

"肮脏谄媚的匍匐常春藤,编成冠冕。

305 "还有你!你当副官,给我儿郎们带队,

"要拿上机锋、反衬和双关,略修武备。⑤

---

① 韦瑟(George Wither,1588—1667)为英国诗人,多产却平庸;瓦德即爱德华·瓦德,见前文注释;吉尔东(Charles Gildon,1665?—1724)是英国雇佣文人的典型,写有大量类型多样但品质不高的作品。

② 霍华德(Edward Howard,1624—1712)为英国剧作家,作品广受时人讥讽。他的父亲是伯爵,故有"大家子"之说。

③ 在《呆厮国志》的一些较早版本当中,这一行是:"等待着 H——y 加入,光耀他们的队列。"由此可知,"上流呆瓜"(Fool of Quality)指的是英国朝臣及政论作家赫维勋爵(Lord Hervey,1696—1743)。赫维是王后的密友,蒲柏的对头。他到1743年8月才去世,所以较早版本有"等待着"之说。

④ 提琴是剧场乐队常用的乐器,当时的人们把愤怒观众的尖利哨声称为"猫叫"(cat-call)。

⑤ 一些西方学者认为"副官"是指赫维勋爵,依据是赫维的文风和蒲柏抨击赫维的文字。但这种解释略显情理不通,因为上文已经把赫维归入了死者的行列。

"还有我的乖女们,下流姑和脏话婶①,
"你俩协助他冲锋,骂街婆为他压阵。
"借助他悉心安排,再加上阿彻照应,
310 "赌桌和格拉布街,可溜进君王后庭。②
"噢!何时才会有,任我们摆布的君主,
"让我摇他的宝座,像摇摇篮的慈母;
"让我在主上和民众之间,拉起帘幕,
"不让他见天光,不让他受法律约束;
315 "以便养肥一众朝臣,饿死饱学之士,
"用乳汁喂养军队,不留给百姓一滴;
"直至议会,被我的神圣摇篮曲催眠,
"所有人昏昏入睡,像听了你的诗篇。"

女神讲完,王室教堂③歌手即刻亮嗓,
320 异调同声地高唱:"上帝保佑希伯王!"
怀特亲热地叫喊:"上帝保佑科利王!"

---

① "脏话婶"原文为"Billingsgate"(比灵斯盖特),这个词是伦敦最大鱼市的名称,现已兼有"脏话"之义,因为鱼市上的贩鱼妇女经常使用不文明的语言。

② 以上两行是说,贝斯(希伯)使得拙劣诗文(格拉布街)混进宫廷,阿彻(Thomas Archer, 1668—1743)则使得宫廷里有了赌桌。阿彻为英国建筑师,1705至1743年间担任王宫内饰总管。

③ 王室教堂(Chapel Royal)指的是随侍英王的一班教士和歌手,这些人当时的驻地是英王所在的圣詹姆斯宫(St James's Palace)。

   杜里巷随声附和:"上帝保佑科利王!"①

   胜利欢呼,迅速在尼德姆②那里响起,

   但尼德姆一向虔诚,没提"上帝"二字。

325 欢呼声的余音,袅袅传回恶魔酒馆,③

   霍克莱的屠户,齐声发出"科尔!"呐喊。④

   场面正如朱庇特的木头,从天而降

   (这是你伟大的先辈,奥吉比的吟唱⑤),

   发出雷鸣般的巨响,响彻整个泥塘,

330 蛮族便呱呱叫嚷:"上帝保佑木头王!"

---

 ① 怀特即怀特俱乐部,杜里巷(Drury Lane)是伦敦的一条街,当时是剧院和妓院聚集的地方。希伯跟这两个地方很熟,所以这两个地方的欢呼不称姓氏,用的是希伯的名字"Colley"(科利)。

 ② 尼德姆(Elizabeth Needham,?—1731)是当时伦敦的著名老鸨,她的主顾通常来自上流社会。

 ③ 恶魔酒馆(the Devil)是当时伦敦的一家著名酒馆,希伯经常在这里配乐排演献给宫廷的颂诗,以至于时人嘲讽,说他这些颂诗"从'恶魔'来到宫廷,又从宫廷去往'恶魔'"。英文习语"go to the devil"(字面意思是"去往恶魔")是"完蛋""滚蛋"的意思。

 ④ 霍克莱见前文注释。"科尔"(Coll)是比"科利"更显亲昵的称呼。

 ⑤ 奥吉比(参见前文注释)著有根据伊索寓言改编的《诗体伊索寓言》(*The Fables of Aesop Paraphras'd in Verse*,1651),书中第十二则寓言是《想要国王的蛙族》(*Of the Frogs Desiring a King*),情节是泥塘里的蛙族祈求朱庇特赐给它们一个国王,朱庇特便扔给它们一段木头。蛙族起初很高兴,欢呼"朱庇特保佑木头王",后来发现木头没有动静,便祈求朱庇特换个新王。朱庇特给它们一只鹳鸟,鹳鸟猛吃蛙族,蛙族又要求换新王,朱庇特说你们这是自作自受。另据原注所说,蒲柏认为奥吉比是个蹩脚作家,像样的文字只有这则寓言。

第二卷

概述

新王既已登基,隆重大典少不得助兴节目,于是乎,各式各样的公开竞技和比赛活动宣告开场。维吉尔《埃涅阿斯纪》记述的竞赛是由主人公埃涅阿斯①举办,此次竞赛却与之不同,系由呆厮女神亲自发起,为的是增添竞赛的分量(与此相类,按照古人的说法,得尔斐和地峡②之类的竞赛也是出自诸神的谕旨。除此而外,据荷马《奥德赛》第二十四卷所载,忒提斯女神同样是亲自到场,为纪念她儿子阿喀琉斯的竞赛设了奖项③)。诗人和评论家蜂拥而至,充当参赛选手,可想而知,他们身边也有赞助人和书商相陪。为了取乐,女神首先为书商举办比赛,拿一位幽灵诗人充当奖品,让他们奋力争夺。这项比赛精彩纷呈,事故频频。下一项比赛以一位女诗人为锦标,再下来是各位诗人的技艺比拼,项目包括溜须拍马、大吼大叫和跳水,第一项比试卖身技艺及实

---

① 据维吉尔《埃涅阿斯纪》第五卷所载,埃涅阿斯为纪念父亲逝世一周年举办了竞赛活动。
② 得尔斐竞赛(Pythia)和地峡竞赛(Isthmia)都是古希腊人的大型竞赛活动。
③ 根据古希腊神话,海洋女神忒提斯(Thetis)是特洛伊战争中希腊联军第一勇士阿喀琉斯(Achilles)的母亲。据荷马史诗《奥德赛》第二十四卷所说,阿喀琉斯在特洛伊战争中阵亡之后,忒提斯曾向诸神讨要奖品,以此为纪念阿喀琉斯的竞赛活动增色。

践，第二项针对的是争吵专家和哗众诗人，第三项则针对渊深暗昧、肮脏污秽的党派喉舌。最后，女神（十分得体地）提出倡议，让各位评论家来场比赛，比的不是他们的才能，而是他们的耐性。女神找来两位高产作家的作品，一位写的是韵文，一位写的是散文，各位评论家必须听人慢条斯理地诵读这些作品，看谁能坚持到底，不至于昏昏入睡。比赛造成种种效应，选手表现各有等差，最终结果则是全体人员，不光是参赛的评论家，还包括观众、演员和在场一切人等，无一例外酣然入梦。既是如此，赛事便理所当然、势所必然地归于终结。

> 伟大希伯高踞华贵交椅，光彩胜过
> 亨莱那个金装讲台[①]，胜过弗莱克诺
> 那个爱尔兰宝座[②]，胜过寇尔的专席[③]，
> 虽然席上堆满，公众撒的香谷金雨。[④]

---

① 据原注所说，亨莱（参见前文注释）宣讲所用的讲台铺有天鹅绒，并且饰有黄金。

② 弗莱克诺（Richard Flecknoe，1600?—1678）为英国剧作家、诗人及音乐家。原注说他是个爱尔兰神父，但却抛弃正业，投身于文学创作。德莱顿的讽刺史诗《麦克·弗莱克诺》（*Mac Flecknoe*，1682）以他为主要讽刺对象，诗中说他"高踞在一个他自己堆筑的宝座"（堆筑宝座的材料是他自己的著作）。《麦克·弗莱克诺》是《呆厮国志》的借鉴对象之一。

③ 寇尔（参见前文注释）曾因泄露国家机密而被处枷号之刑，这里的"专席"指他枷号示众的台子，下一行的"香谷金雨"则指围观者向他投掷的臭麦芽（酿酒用剩的废渣）和臭鸡蛋。

④ 据原注所说，这四行是戏仿弥尔顿《失乐园》第二卷的开篇诗句："撒旦高踞帝王御座，光彩胜过/霍尔木兹和印度的堂皇座席，/胜过华贵东方，以最奢靡的手笔，/用珍珠和黄金，为蛮族君王装点的龙椅。"

5　他面带傲然讥诮,像身登帕纳索斯①,
　　唇边是自得傻笑,眼中是跋扈斜睨。
　　所有人的目光,全都在他身上聚集,
　　他们久久地凝视,一个个变成白痴。
　　他的侪辈②环绕四周,沐浴他的光泽,
10　心中添几分呆傻,脸上多几抹铜色③,
　　好比天穹里的闪闪火花,放射星芒,
　　全靠用浅瓮汲取,太阳的磅礴辉光。④
　　罗马当年的笑颜,至多也只是这般,
　　当它看到奎尔诺,由教皇亲手加冕,
15　看到这才智的死敌,君临本城七丘,
　　由一众红帽簇拥,高坐卡比托峰头。⑤
　　女神此时起意,给孩儿们找点乐子,
　　于是让走卒宣告,盛大的英雄竞技。

---

① 帕纳索斯(Parnassus)为希腊名山,在古希腊神话中是酒神狄俄尼索斯(Dionysus)和太阳神阿波罗(Apollo)的圣山,还是文艺女神缪斯的居所。

② "他的侪辈"原文为"his peers",亦可解为"他的贵族拥趸"。

③ "铜色"原文为"bronze",意为"青铜色的",并可使人联想到"brazen"(黄铜色的/厚颜无耻的)。

④ 可参看弥尔顿《失乐园》第七卷描述群星反射阳光的诗句:"其他星星也像汲取泉水一样,/用它们的金瓮汲取辉光,/如此这般,晨星才能够放射金芒。"

⑤ 奎尔诺(Camillo Querno, 1470—1530)为意大利蹩脚诗人。他听说教皇利奥十世(Leo X, 1475—1521)奖掖文艺,便前往罗马,献上二万行长诗。教皇视他为小丑,假模假式地封他为"大诗人"(archipoeta),借此取乐。罗马城有七座山丘,卡比托(Capitol)是最高的一座。"红帽"是枢机主教的服装。

　　　　呆厮族倾巢赶来，如潮水连绵不断，
20　　以至于这片国土，霎时间空了一半。
　　　　好一盘大杂烩！有长假发有口袋髻，
　　　　有丝袍有薄呢，有嘉德也有百结衣，①
　　　　来自学院，来自阁楼，来自华堂广厦，
　　　　徒步或骑马，出租马车或镀金座驾；
25　　为女神效命的地道呆厮，悉数现身，
　　　　再加上所有那些，奖掖呆厮的恩人。
　　　　他们在一片开阔的地面，站好位置，
　　　　这里曾有高大的五月柱，俯临河涘，
　　　　如今却依安妮谕旨，走上虔诚道路，
30　　建起教堂一座，好招揽杜里巷圣徒。②
　　　　书商们也响应召唤，与作家们同来
　　　　（竞逐荣耀的校场，是所有人的舞台）。

----

　① 披散的长假发是当时老派人士的发型，口袋髻是将脑后假发拢起来用丝袋包住，为年轻时髦人士所偏爱。"丝袍"代指富人，"薄呢"代指中等人家或教士，"百结衣"代指穷人，"嘉德"（Garter）则是英格兰等级最高的骑士勋位，代指显贵。
　② 五月柱（maypole）是竖立在广场中的高大木柱，五朔节（五月一日）到来之时，人们会绕着柱子跳舞欢庆。伦敦泰晤士河北岸曾有一根巨型五月柱，柱子所在之处后来建起了河滨圣母教堂（St Mary le Strand），柱子本身则被牛顿拿去，用来支撑当时欧洲最大的天文望远镜。河滨圣母教堂于1714年动工，是安妮女王（Queen Anne，1665—1714）执政时决定兴建的五十座教堂之一。这座教堂紧邻声名狼藉的杜里巷（参见前文注释），诗中故有"杜里巷圣徒"（实指麇集该地的娼妓）这一讽刺说法。蒲柏一方面不喜欢五月柱所代表的市井娱乐，一方面又认为，在这种下流区域兴建教堂于事无补。

  这一帮勤勉子民，希求荣耀和利益，
  慈仁的呆厮女神，一向也喜欢打趣。
35 她在他们眼前，摆上个诗人的幽灵，
  谁拿下赛跑冠军，便赢得这份奖品；
  这幽灵绝不是枯瘦诗痴，凄惶哀戚，
  干瘪得皮肤松垮，像一件土色睡衣；①
  堕落的今时今日，产出的吟游饿汉，
40 来一打也抬不起，他巨无霸的身板。②
  女神用充盈的空气，造出他的形象，
  只见他饱足丰腴，如山鹑一般肥胖；
  他头上开的窗户，是无神贼眼一双，
  他还有羽毛做的脑子，铅做的心脏；
45 他有女神给的虚浮词句，嘹亮歌喉，
  却没有理性生机，只是个空心人偶！
  从未有谁随手一挥，偶遇神来之笔，③
  画出这样的呆瓜，与才子如此酷似，

---

① 英国诗人约翰·奥德姆（John Oldham，1653—1683）写有《一首讽刺诗》(*A Satyr*)，大意是英国诗人斯宾塞（Edmund Spenser，1552/1553—1599）的幽灵来找作者，劝作者放弃诗歌这个使人困苦的行当。诗中如是形容斯宾塞幽灵的外貌："他眼窝深陷，一看就饿得半死，/皮肤松松垮垮，好似一件晨衣。"

② 可参看德莱顿《埃涅阿斯纪》英译本当中的诗句："（这石头）如此沉重巨大，以至于当今时代的壮汉，/即使来上一打，也不能把它抬离地面。"

③ 据原注所说，公元前四世纪的著名画家阿佩莱斯（Apelles）曾为亚历山大大帝画画，怎么也画不出亚历山大战马嘴上的白沫，一气之下便把画笔扔向画幅，偶然间画出了想要的效果。

以致评论家和朝臣，纷纷发誓作证，
50　说幽灵确为才子，称之为摩尔先生[①]。
众书商无不眼馋：有的为"诗人"名号，
有的为入时装扮，剑穗和蕾丝衣袍。[②]
但只有自高自大的林托[③]，起身发话：
"这奖品非我莫属，谁来抢便是冤家，
55　"这天才得跟我合作，从开始到最后。"
他既然如此放言，谁还敢与他争斗？
唯有一人不肯噤声，不识恐惧何物，
那便是无畏寇尔，从人群挺身而出：
"对头在此！赛跑是比腿快，不比嘴刁；
60　"殿后去吧，哼！"他说来就来，拔腿就跑。
他快得好似，躲执达吏的逃债戏子，
甩开臃肿的林托，比风儿还要迅疾。
林托拼命追，使上两肩两手和脑袋，
整个身子活像风车，朝着四面张开，

　　[①] 摩尔（James Moore Smythe，1702—1734）为英国剧作家，因挥霍而败家的高门子弟，蒲柏认为摩尔是一个剽窃老手，因此称不上真正的诗人，只能算是诗人的"幽灵"。

　　[②] 剑穗（sword knot）是剑柄上的皮制或金属制饰带或饰链，和蕾丝花边一样是当时的时髦饰品。这两行的意思是，各路书商（当时的书商既卖书也出书）从幽灵的名号和装扮当中看到了盈利前景。

　　[③] 林托（参见前文注释）是当时的大书商，曾以高价买下摩尔的喜剧作品《争奇斗艳》（*The Rival Modes*，1727）。摩尔在这部剧作里擅自引用了蒲柏的八行诗句，这是他与蒲柏结怨的主要原因。

65 靠着他抡圆的双臂,划动他的贵体,
　　步态与单靠左腿的雅各①,颇有神似,
　　正如鹧鹉足翅并用,穿过半没树林,
　　又是飞天又是涉水,又是蹦跶不停。②
　　赛跑路线的半程,有一个满满水池,
70 碰巧是寇尔的科琳娜③,晨间的创制
　　(因为她习惯,每天都将昨夜的珍馐,
　　趁清早倾倒在,寇尔邻居的店门口):④
　　霉运使寇尔滑倒,观众便高声喊叫,

---

① "雅各"指书商雅各·童森(参见前文注释)。童森腿脚不便,德莱顿曾说他"长有两条左腿"。

② 以上六行戏仿弥尔顿《失乐园》第二卷描写魔王撒旦穿过混沌界的诗句:"……魔王也这样急急忙忙……使上脑袋、双手、双翼或双足,匆匆赶路,/或泳、或潜、或涉、或爬、或飞。"并且戏仿同书第七卷描写天鹅游水的诗句:"……天鹅把弯弯颈项,/藏进像披风一样傲然展开的双翅,/用好似桨叶的双足,划动她的贵体。"

③ 科琳娜(Corinna)是公元前五世纪的希腊女诗人,这里指英国女诗人伊丽莎白·托马斯(Elizabeth Thomas,1675—1731),因为德莱顿曾把托马斯称作"科琳娜"。托马斯曾把蒲柏年少时写给朋友的一些信件卖给寇尔,寇尔出版了这些蒲柏不愿公之于世的信件,由是触怒蒲柏。蒲柏把托马斯称为"寇尔的科琳娜",暗含着两人关系暧昧的意思,因为在古罗马诗人奥维德的《恋歌》(Amores)当中,奥维德的情妇也叫"科琳娜"。

④ 这两行说的是倒便桶,在大街上倒便桶是当时的普遍做法。这场赛跑是在泰晤士河滨举行的,寇尔曾在河滨的凯瑟琳街(Catherine Street)做生意。"科琳娜"和寇尔有交情,所以不倒在寇尔的店门口。这两行还暗含"科琳娜"住在寇尔那里的意思。

"伯纳德！""伯纳德！"声音响彻河滨街道。①

75　这恶棍栽进,自身恶行造就的水潭,②
　　躺卧在臭秽之中,可耻地暴露人前。
　　接下来(假如说,诗人理当宣告事实),
　　这卑鄙的诗人杀手③,拟出一篇祷词:
　　"朱庇特啊!我那些诗人和我,敬拜你,

80　"不亚于敬拜任何神,甚或犹有过之;
　　"倘若他和他那帮人,比我更敬拜你,
　　"只管让《圣经》倒下,让教皇纹章升起。"④
　　世间有个处所,介乎天地海洋之中,
　　朱庇特用罢神宴,便来到这里放松。⑤

85　这里的御座之上,有两个巨大气孔,
　　朱庇特坐上御座,将耳朵贴近大洞,

---

①　寇尔跌倒之后,观众开始给林托加油("伯纳德"是林托的名字)。荷马史诗《伊利亚特》(*Iliad*)和维吉尔《埃涅阿斯纪》当中都有赛跑领先选手被献祭留下的污血和内脏滑倒的情节。原注引用了《埃涅阿斯纪》第五卷的相应诗句:"尼瑟斯运气不好,摔了一跤,/因为新近宰牲献祭的血污,浸透了草皮……他一头栽到,污血和秽物里。"

②　"自身恶行"的意思是,如果"科琳娜"没住在寇尔那里,路上就不会有致使寇尔摔跤的水洼。

③　蒲柏认为寇尔是个唯利是图的出版商,惯于使用压低酬劳和篡改作品之类的手段,戕害与他合作的作家,所以称之为"诗人杀手"。

④　据原注所说,《圣经》图案是寇尔的商标,交叉钥匙(教皇纹章上有此图案)是林托的商标。

⑤　"放松"原文为"retires for ease","house of ease"(放松之屋)是茅厕的委婉说法。

倾听愚蠢的人类，祈愿的各色美梦；
有的人乞求东风，有的人乞求西风；
还有各色徒劳诉状，一直堆到天际，
90 消耗无数令纸张，也送来这里待批；
他读得兴味盎然，读完便写下回答，
再用众神流的那种灵液①，签字画押。
美丽的克娄辛娜，站在这办事所里，②
用至为纯净的双手，为朱庇特服役。
95 她从纸堆里挑出，她老信徒的祷告，
摆到朱庇特面前，好一份罕有荣耀！
因为她时常听见，这个仆从的呼唤，
来自她的黢黑专区，靠近圣殿墙垣。③
这仆从时常在那里，乐颠颠地倾听，
100 恶灯童④和色船夫，借腌臜笑话助兴；
他总是在她的下流国度，掏摸才赋，⑤
她时常予他恩宠，这次也不吝帮扶。

---

① 根据古希腊神话，众神的脉管里没有血，流的是灵液（Ichor）。这里的"灵液"隐含排泄物的意思。
② 克娄辛娜（Cloacina）是古罗马神话中主管下水道的女神。"办事所"原文为"office"，"house of office"（办事之屋）也是茅厕的委婉说法。
③ "黢黑专区"指泰晤士河岸的煤码头，离圣殿教堂（Temple Church）不远。
④ 当时的一些孩子以照路为业，亦即举着燃烧的火炬为夜间行人照明，借此赚取微薄收入，是为灯童（link-boy）。
⑤ 意思是寇尔印行的下流书刊，灵感都来自克娄辛娜主管的污秽地界。

45

　　　　于是他与粪污同类相感，重得活力，
　　　　像抹了魔法油膏，起身时如虎添翼；①
105　他闻嗅熏天秽气，将新的生命吸收，
　　　　一溜烟狂奔不止，一溜烟散发恶臭；
　　　　他再次赶超林托，转眼间光荣夺冠，
　　　　全不顾自家脸上，一个个褐黄污点。
　　　　这冠军随即伸出，迫不及待的手掌，
110　猛然抓向，那似有似无的高大虚像；
　　　　但那无形之影，即刻从他眼前消灭，
　　　　好似云中的蜃景，或是夜间的幻觉。
　　　　寇尔退求其次，想攫住幽灵的文稿，
　　　　文稿却轻轻飞起，呼啦啦四处乱飘；
115　风儿托起商籁短章②，以及警句歌行，
　　　　将它们送还，斯威夫特、埃文斯和扬。③
　　　　寇尔心想，至少得夺下幽灵的绣衣，
　　　　绣衣却被讨工钱的裁缝，一把抢去。
　　　　这宝器或才子，如此招摇，如此惹眼，
120　却没有留给他，一根布条，一张纸片。

---

① 据原注所说，传说中的女巫有一种魔法油膏，抹了便可以在空中飞行。
② "商籁短章"原文为"sonnet"，这个词在蒲柏的时代可以泛指包括商籁体（十四行诗）在内的各种短诗，后来才专指商籁体。
③ 斯威夫特见前文注释，埃文斯（Abel Evans, 1675—1737）为英国教士及诗人，扬（Edward Young, 1683—1765）为英国诗人及评论家。蒲柏认为这三人都是摩尔（幽灵诗人）的剽窃对象和寇尔的盗版对象。

笑声响彻天庭，呆厮女神洋洋得意，
这贤德的女王趁热打铁，故技重施。
她将格拉布徒众，当中的三个妖精，
打扮成康格里夫、普莱尔和艾迪森；①
125 米尔斯，沃纳，威金斯②，跑去饿狗争食：
休想！收获是布雷沃、邦德和贝萨利。③
寇尔探手想抓盖伊，但盖伊已不见，
他抓到空虚的约瑟夫，没抓到约翰：④
猎物好比普罗透斯，远看风华绝代，
130 一旦他捉拿到手，就变作猿猴狗崽。⑤
女神便安慰寇尔："孩儿啊！且莫伤悲，

---

① 康格里夫（William Congreve, 1670—1729）为英国剧作家及诗人，普莱尔（Matthew Prior, 1664—1721）为英国诗人，艾迪森（Joseph Addison, 1672—1719）为英国剧作家及诗人。蒲柏认为这三人都是可望名垂后世的作家。

② 米尔斯（William Mears, 1686—1740?），沃纳（Thomas Warner, 生卒年不详）和威金斯（William Wilkins, ?—1756）都是当时的英国书商。

③ 这三人就是上文中的"三个妖精"。布雷沃（John Durant Breval, 1680?—1738）为英国作家，曾为寇尔充当枪手，托名"约瑟夫·盖伊"（Joseph Gay）撰写攻击蒲柏及其友人约翰·盖伊（John Gay, 1685—1732）的文字。邦德（William Bond, 1675?—1735）为英国诗人及剧作家，写过抨击蒲柏诗作的文字。贝萨利（Bezaleel Morrice, 1678—1749）为英国诗人，写过抨击蒲柏译作的讽刺诗。

④ 据原注所说，寇尔用"约瑟夫·盖伊"的名义出版过多种小册子，许多读者都上当受骗，以为这些东西的作者是文名甚著的约翰·盖伊。"约瑟夫·盖伊"是个假名，故有"空虚"之说，除此而外，"joseph"还是当时一种长斗篷的名称。

⑤ 普罗透斯见前文注释。"猿猴"原文为"ape"，兼"模仿者"之义，"狗崽"原文为"puppy"，兼"浪荡子"之义。

"尽管把我这套幻象,用到上流社会,

"正如那精明的老鸨,熟谙本行诀窍,

"给所有残枝败叶,安上交际花名号。

135　"(所以说巴黎的倒霉绅士,抱怨连天,

"说公爵夫人和玛丽夫人,将他蒙骗。)①

"你啊,我的书商!这神技能混淆优劣,

"库克变普莱尔,康卡宁变斯威夫特;②

"如此我们将袭取,所有敌人的名姓,

140　"我们也会有,我们的加斯③和艾迪森。"

于是女神递给寇尔,一张粗劣毛毯

(她感觉寇尔的情状,着实凄惨可怜,

因此对着他懊恨的长脸,微微一哂),

---

① 括号里的两行是蒲柏举的一个女骗子实例,牵涉到英国贵族及作家玛丽·沃特莱·蒙塔古夫人(Lady Mary Wortley Montagu,1689—1762)和法国人雷蒙德(Nicolas-Francois Remond,生卒年不详)之间的交往,以及夫人代雷蒙德投资股票失败的事情。玛丽夫人曾是蒲柏的朋友,但在《呆厮国志》初次面世之时(1728),两人的关系已经疏远。按照现代西方学者的看法,蒲柏此处的说法对雷蒙德("巴黎的倒霉绅士")有所偏袒,对玛丽夫人不够公平。

② 库克(Thomas Cooke,1703—1756)为英国翻译家,曾以《诗人之战》(*The Battle of the Poets*,1725)一诗攻击蒲柏和斯威夫特。此后他乞求蒲柏原谅,保证不再攻击蒲柏,但又出尔反尔。康卡宁(Matthew Concanen,1701—1749)为英国作家及诗人,写过攻击蒲柏的小册子。在《呆厮国志》早期版本中,这两人的名字分别由"C——"和"C——n"代替。据原注所说,最终版本之所以补全二人姓名,不是因为他们的名字值得一提,只是为了把诗行填满,方便读者阅读。

③ 加斯即塞缪尔·加斯,见前文注释。

可铺古今卧床，适合柯度斯或当顿。①

145　好一幅深刻作品！毯子上苦脸肖像，

　　　刻画出各位女神信士，受难的境况。

　　　高处站着不知羞的笛福，双耳皆无，②

　　　下方站着塔钦，身上鞭痕火红刺目。③

　　　毯子上还可看见，罗珀和雷德帕斯，④

150　纱线织出二人遭受杖责，皮肤青紫。

　　　寇尔发现他自己，也在这英烈图中，

　　　正在从一张毯子，高高地飞上半空，⑤

　　　于是他高叫："噢！有哪条街巷不知晓，

　　　"我们承受的水淋、毯裹、棒打和吐药！⑥

---

① 古罗马诗人尤维纳利斯（Juvenalis，活跃于公元一、二世纪之交）的《讽刺诗集》（*Satires*）写到一个名为"柯度斯"（Codrus）的蹩脚诗人，说他家的床小得可怜。当顿（John Dunton, 1659—1733）为英国书商及作家，因经营失败而陷于窘困。据原注所说，当顿攻击过蒲柏的一些友人。

② 笛福虽曾被枷号示众，但并未像普莱恩那样（参见前文注释）遭受割耳之刑，蒲柏说他"不知羞"，是因为他坚信自己无罪，示众时毫无愧色，甚至赢得了围观者的喝彩。

③ 塔钦（John Tutchin, 1660?—1707）为英国报人，激进的辉格党人，曾因参与叛乱而被处七年监禁及每年一次的鞭刑，但最终在一年后获释。

④ 罗珀（Abel Roper, 1665—1726）和雷德帕斯（George Ridpath, ?—1726）都是英国的激进报人，前者支持托利党，后者支持辉格党，二人在同一天去世。蒲柏把二人一并列为"女神信士"（亦即"呆厮"），可以反映他不偏不倚的政治立场。

⑤ 寇尔曾擅自篡改并出版献给西敏公学（Westminster School）校长的悼词，由此遭到该校学生报复。学生们把他裹在毯子里痛打，还把他抛到空中。

⑥ "水淋"是指把人拖到街头水泵下面挨淋的一种报复手段。"吐药"是指蒲柏曾偷偷把催吐剂放进寇尔的杯子，致使寇尔呕吐不止。

155 "每一张织机,都会记录我们的劳绩,
"新鲜的呕吐物,将保持永远的青绿!"
旁边有个圆圈,圆圈里摆着伊丽莎,
两个真爱的婴孩,紧贴在她的腰胯;①
她站在那里弄姿,身佩鲜花和珍珠,
160 一如基柯,为她作品画的溢美题图。②
女神如是宣布:"谁能将那喷流水柱,
"远远地射上天空,达到最大的高度,
"便赢得那边那个,身量豪阔的朱诺,
"她有母牛般的奶子,阉牛般的眼波。③
165 "失利的英雄,可领走这个陶瓷便桶,
"拿回家任意填充,亦可谓虽败犹荣。"④

---

① "伊丽莎"指英国高产女作家伊丽莎·海伍德(Eliza Haywood, 1693?—1756),蒲柏认为她的小说伤风败俗,尤其是原注提及的《奇岛旧事》(*Memoirs of a Certain Island Adjacent to the Kingdom of Utopia*, 1724)和《卡拉马尼亚宫廷秘史》(*The Secret History of the Present Intrigues of the Court of Caramania*, 1727),前一本小说恶毒毁谤了蒲柏的友人玛莎·布隆特(Martha Blount, 1690—1762)。"两个真爱的婴孩"可以是喻指前述的两本小说,也可以是指涉海伍德的两个孩子(可能是私生子)。

② 基柯(Elisha Kirkall, 1682?—1742)为英国版画家,为许多书籍画过插图。原注说海伍德一些书上的作者像是基柯画的,但西方学者没有找到实物证据。

③ 呆腻女神这是在宣布撒尿比赛的奖项。朱诺(Juno)是古罗马神话中的天后,朱庇特的配偶,相当于古希腊神话中的赫拉(Hera),这里指海伍德。《伊利亚特》第一卷形容赫拉长着"阉牛般的眼睛"。

④ 原注挖苦说,荷马史诗中的竞赛也以一名女奴和一个水壶为奖品,但却把水壶的价值抬到了女奴之上(事见《伊利亚特》第二十三卷,原诗说法与此小异),此诗以海伍德为头奖,便桶为二奖,体现了对海伍德的"尊重"。

奥斯本①和寇尔，接受这荣耀的考验
（一个不听儿子劝谏，一个不纳妻言②），
一个对自己的男性雄风，深信不疑，
170　另一个则仗恃体力，以及块头优势。
奥斯本背靠，自家张贴海报的立柱，
率先发射水流，勉强划出一道弯弧，
形状半圆，好似朱庇特的亮丽虹彩
（笃定地昭示，观众绝没有没顶之灾）。③
175　他再度奋勇尝试，只招来新的耻辱，
乱流的密安德河④，直冲到主人面部；
正如马虎的园丁，急匆匆打开水管，
小小的激射水流，便喷进他的双眼。
无耻的寇尔，手段远比奥斯本高明，

---

①　奥斯本（Thomas Osborne，1704?—1767）是当时英国的大书商，曾以诡诈手段销售蒲柏的《伊利亚特》译本。曾为奥斯本工作的塞缪尔·约翰逊在《蒲柏传》（*The Life of Pope*）中写道："奥斯本这个人毫无廉耻，对他来说，唯一的耻辱就是贫穷。他干了一件得罪蒲柏的事情，一边干一边对我说，蒲柏肯定会把他写进《呆厮国志》……当时我还不相信，后来才发现，他这句预言竟然变成了现实。"

②　寇尔惹上官司的时候，生意由儿子亨利（Henry Curll）照管。亨利还曾与父亲一同入狱，劝谏父亲应是情理中事。奥斯本"不纳妻言"的说法，则不详具体所指。

③　这两行兼用了荷马史诗和《圣经》典故。《伊利亚特》第十一卷有云："好似彩虹，克罗诺斯之子（即宙斯，亦即朱庇特）将它们放在云中，作为对凡人的兆示。"另据《旧约·创世记》所载，上帝曾降下大洪水惩罚人类。洪水退去之后，上帝以彩虹为标记，立约不再发洪水。

④　密安德河（Meander）是古希腊神话中的一条河，以蜿蜒曲折闻名。

180　他的洪流冒着轻烟,猛然蹿过头顶,
　　正如伊瑞德讷,疾速摆脱卑微出身
　　(河神与他相似,以波折和双角闻名);①
　　他以苍穹为夜壶,向半个天空倾倒,
　　急流以惊人速度,一路飞一路灼烧。②
185　水柱飞快攀升,众人皆以目光追随;
　　他如此腆然放肆,获奖也实至名归。
　　这个跌宕起伏之日,寇尔大获全胜,
　　满意的伊丽莎随他而去,浅笑吟吟。
　　奥斯本十足谦抑,以至于比赛失利,
190　此时也头戴便桶,乐滋滋走向家里。
　　但还有更高奖项,等待着各位才子;
　　快给勋爵让路!六名猎手三名骑师,
　　随侍大人的辇舆,边走边高声喝道;
　　大人目光直愣,神情呆痴,咧嘴傻笑。

---

① 伊瑞德讷(Eridanus)是意大利大河波河(Po)的拉丁名字。"疾速摆脱卑微出身"是说这条河流得很快,迅速离开发源地。原注说"波折"和"双角"是伊瑞德讷河(或说该河河神)的特征,并以维吉尔长诗《农事诗》(*Georgics*)第四卷的诗句为证:"伊瑞德讷,牛头顶戴双角,/穿过丰饶平原,流向湛蓝海洋,/再没有别的河流,比他更为迅猛。"除此而外,"头上长角"在西方是"戴绿帽"的意思。寇尔的生活变故颇多,堪称"波折",至于寇尔妻子出轨的事情,可能是蒲柏的想象。

② 据原注所说,"灼烧"(burn)一词贴切地反映了寇尔的不幸境况,但这种境况并不是"完全怪他自己",而是产生于"与他人的交流"。由此可知,这行诗不光暗用了维吉尔《埃涅阿斯纪》第五卷的典故(箭术比赛中的箭矢因飞得太快而燃烧起来),还影射寇尔患有性病。

195 呆厮女神随即开言，讲明大人尊意，
"谁马屁拍得最好，便赢得大人恩礼。"
大人摇响手中钱袋，坐上他的高位，
献媚的众人拿好鹅毛笔，一旁相陪。
娴熟乖巧的马屁，钻进大人的耳朵，
200 大人即刻感觉，自己确如此辈所说；
各种温柔神色，在他脸上闪烁游弋，
他以阿冬尼自居，又假装消受不起。①
罗利挥动鹅毛笔，在大人耳边吹嘘，
大人便品味升高，赞助我们的歌剧。②
205 本特利③张大嘴巴，喷吐经典的阿谀，
这膨胀的雄辩家，迸出一连串比喻。

---

① 阿冬尼（Adonis）是古希腊神话中的俊美少年，爱神阿弗洛狄忒（Aphrodite）的爱人。这两行是说作家们夸勋爵长相英俊，勋爵便顾影自怜。

② 罗利（Paolo Antonio Rolli，1687—1765）为意大利诗人，在英国撰写歌剧唱词，教英国贵族（包括多个王室成员）学意大利文，由此大获成功。罗利曾任皇家音乐学院（Royal Academy of Music，当时的一个歌剧剧团，不是学术机构）秘书，原注说他利用教意大利文的机会游说贵族赞助歌剧。这里的"大人"可能是影射纽卡斯尔公爵（Thomas Pelham-Holles，Duke of Newcastle，1693—1768），此人位高权重，曾赞助诗中提及的许多"呆厮"，曾担任负责审查戏剧的宫务大臣，并曾担任皇家音乐学院总管。

③ 本特利（Thomas Bentley，1693?—1742）为英国古典学者。据原注所说，本特利曾在著作题献中肉麻吹捧蒲柏的一些显贵朋友，等到这些人失势之后，他又在致蒲柏的公开信里贬斥这些人。

但还是威斯特德①，恭维得最是辛劳，
盼大人松开手掌，施舍点诗人药膏②。
悖时的威斯特德！你拍得越是起劲，
210　你没心肝的主子，便把手攥得越紧。
正当众人如此这般，竭力擦靴搔痒，
正当酥麻快感，在大人脉管里摇荡，
一名福波斯不识的青年③，出于绝望，
将他最后的赌注，寄托于祷告上苍。
215　虔诚誓愿何等灵验！爱神即刻打发
她的信女，或说他的姊妹，从天降下，
正如她教帕里斯，与阿喀琉斯作对，
秘诀是攻击阿喀琉斯，仅有的软肋。④
这青年靠姊妹帮忙，斩获高贵奖项，

---

① 威斯特德（Leonard Welsted，1688—1747）为英国诗人，本来是托利党人，该党失势后转投辉格党。原注说他写过攻击蒲柏的作品，还写过一些"我们记不起来的东西"。
② "诗人药膏"指金钱，可消除雇佣文人的一切疾苦。
③ 福波斯是诗歌及文艺之神阿波罗的别名，参见前文注释。"福波斯不识"此人，可见此人根本不是诗人。《呆厮国志》最终版本隐去了此人名字，早期手稿则把此人名字写作"W——r"，指的是英国政客爱德华·韦伯斯特（Edward Webster，1691?—1755）。据说韦伯斯特把亲生女儿献给第二世博尔顿公爵（Charles Paulet, 2nd Duke of Bolton，1661—1722），由此当上了公爵的首席秘书。
④ 帕里斯（Paris）是特洛伊王子，受到爱神阿弗洛狄忒的宠眷。特洛伊战争中，帕里斯（在阿波罗的帮助下）射中阿喀琉斯全身的唯一弱点（脚踵），由此杀死了阿喀琉斯。

220 　他当上大人的秘书，阔步走出现场。
　　呆厮女神便高喊："现在来换个耍子，
　　"孩儿们哪，来体会噪音的非凡效力。
　　"让别人凭借莎翁天禀，或琼森匠心，
　　"去感动，去鼓舞，去俘虏，所有的灵魂，①
225 "你们的天职是使得心灵，摇撼颤震，
　　"时而用芥末木碗，制造出雷声滚滚②，
　　"时而用号角喇叭，鼓捣出喧天鼎沸，
　　"时而用拖长钟声，烘托出沉痛氛围。③
　　"当你们想象衰竭，脑子也停止转动，
230 "尽可以凭这些讨巧技艺，哗众取宠。
　　"我们来精益求精，谁能以厉声尖啸，
　　"使猿猴自愧不如，便赢得三声猫叫④，
　　"要赢得这面小鼓，则须以沙哑长噪，
　　"压过咴咴嘶鸣的驴子，嘹亮的号角。"
235 　于是万千唇舌，汇成一片嚣杂巨响，
　　师法猿猴的众人，争叫嚷各不相让；
　　一个个龇牙咧嘴，一个个乱喊胡说，

---

① 琼森（Benjamin Jonson，1572—1637）是与莎翁同时代的英国剧作家，声望仅次于莎翁。时人普遍认为莎翁学问无多，创作主要靠天才，琼森则以后天习得的技巧见长。
② 让金属球在捣芥末的木碗中滚动发声，是制造舞台雷声效果的传统方法。
③ 以上四行是说"呆厮"作家写不出像样的剧作，只能靠舞台效果刺激观众。
④ "猫叫"即观众嘘声，参见前文注释。

有搦战的诺顿，有不饶人的布雷沃，
有瞪眼的邓尼斯①，最擅长挑错找茬，
240 直愣愣唇枪舌剑，贼溜溜插话打岔，
论据只寥若晨星，论题倒浩如烟海，
大小前提都不少，结论也来得飞快。
"且住（女王高喊），你们各得一声猫叫，
"三个人表现一样好！声音一样喧嚣！
245 "这旗鼓相当的竞赛，不妨告一段落，
"我的驴子们，叫吧，给我把天穹震破。"
吉尔伯爵士闻言，立刻便咴咴哀鸣，
仿佛噩梦缠身，家中万贯少了一文，②
又像长耳母驴，被某个吝啬的病号，
250 关在三重门闩的大门里，无法见到
嗷嗷待哺的幼崽③，以至于心急如焚，
爆发出洪亮悲吟，将整个驴群惊醒。
众人喉管齐齐作声，一驴呼万驴唤，
和谐的鼻音！混合风笛、号角与铜管；

---

① 诺顿（Benjamin Norton Defoe, 1690—1770）为英国报人，曾因诽谤受审。蒲柏在后文中说他是笛福和一个牡蛎女贩子的私生子，后来的一些学者也持这种看法。布雷沃及邓尼斯见前文注释。

② 吉尔伯爵士（Sir Gilbert Heathcote, 1652—1733）为英国富商，辉格党人，曾任英格兰银行行长及故城市长，据说十分吝啬。

③ 把母驴跟幼崽分开是为了挤奶给病人喝，西方人从古埃及时代就开始用驴奶治疗各种疾病。

255　如同狂热的神棍,用铆足劲的肺叶,
　　憨出高亢声响,再用鼻音加以润色;①
　　又如深沉的教士,发出的浑厚牛嘶;
　　韦伯斯特,好嗓子!威特费德,你也是!②
　　但布莱克莫的响亮叫声,冠绝群伦,
260　墙垣、尖塔和穹苍,无不以驴鸣回应。③
　　他的弟兄们,在托特纳姆的田野里④,
　　全都惊讶得竖起耳朵,草也忘了吃;
　　法院巷久久地拖长⑤,他袅袅的驴叫,
　　声音在一个又一个法庭,反复萦绕;
265　河风把驴叫,送入红王的闹嚷厅堂⑥,

①　当时的一些宗教狂热分子讲道时喜欢使用鼻音,斯威夫特曾在《圣灵的机械运转》(*Mechanical Operation of the Spirit*,1704)一文中讽刺这种现象。

②　这个"韦伯斯特"是威廉·韦伯斯特(William Webster,1689—1758),英国教士及宗教作家。威特费德(George Whitefield,1714—1770)亦为英国教士,循道宗创始人之一。据原注所说,这两人都持有极端的宗教观点,彼此又水火不容。

③　据原注所说,布莱克莫(参见前文注释)对"bray"(驴叫)这个词十分喜爱,甚至用这个词来形容战场上的金铁交鸣。

④　托特纳姆(Tottenham)是伦敦北部的一个区域,在蒲柏的时代处于半乡村状态。

⑤　法院巷(Chancery Lane)是伦敦的一条街道,街上当时有大法官法院(Court of Chancery,现已并入英国高等法院,成为该院的大法官法庭),该法院以官司久拖不决闻名。

⑥　"红王的闹嚷厅堂"指绰号"红王"(Rufus)的英王威廉二世(William II,1056?—1100)在泰晤士河边修建的西敏厅(Westminster Hall)。在蒲柏的时代,一些律师和商贩(包括书贩)在西敏厅营业,故有"闹嚷"之说。

亨格福德①也随每声驴叫,发出回响。
大家都同意,他包揽两个歌艺奖项,
因为他唱得这么响,又唱得这么长。②
这番辛劳之后,众人经由布莱德维

270 (此时晨祷已经结束,鞭刑也已收尾),
下到潮涨沟的沟口,沟中滔滔水流,
在此向泰晤士纳贡,献上大批死狗。③
万沟之王!再没有哪一条烂泥沟渠,
能用更黑的秽物,来染污银色涟漪。

275 "脱吧,我的孩儿们!在这里跳下水去,
"在这里证明,谁最能克服一切阻力,
"谁对于腌臜事物的喜爱,傲视同群,
"谁又最是擅长,在黑暗中掏摸探寻。④

---

① "亨格福德"指当时伦敦泰晤士河滨的亨格福德农产品市场(Hungerford Market),还可能暗指英国律师及政客约翰·亨格福德(John Hungerford, 1658?—1729)。

② 据原注所说,布莱克莫没有多少文才,但却拥有"不知疲倦的灵感",写有多达六部史诗,总数好几十卷,所以此诗后文称他为"没完的布莱克莫"。原注还说,他曾在作品中攻击德莱顿和蒲柏。

③ 布莱德维(Bridewell)是当时一座收押妓女的监狱,临近泰晤士河。潮涨沟(Fleet-ditch)当时是一条阳沟(十九世纪七十年代才被完全覆盖,变成阴沟),在布莱德维附近流入泰晤士河,沟水极其污秽。据原注所说,布莱德维对犯人施行鞭刑的时间是晨祷之后,上午十一点至十二点之间,蒲柏这是仿照荷马史诗的写法,用人们的日常活动来点出情节发生的时刻。原注还说,此诗第一卷的希伯加冕情节发生在"市长日"当晚,本卷记述的庆祝性赛事则是从次日早晨开始。

④ 据原注所说,以上三行分别代表党派吹鼓手必备的三个首要素质,一是没有任何原则,二是以泼脏水为乐,三是善于捕风捉影,暗中毁谤。

"谁搅起最多臭秽,污染的水域最宽,
280 "便赢得所有这些,每周发行的报刊;①
"谁跳水表现最出色,这铅锭便归谁;
"其余选手也有犒赏,各得一配克煤。"②
奥德米松傲然屹立,一身赤裸威仪,③
像米罗一样,审视自己的双手膀臂;④
285 之后他叹道:"难道我已经,年过六十?
"为什么,众神啊,二加二为什么得四?"
说完他立刻爬到,搁浅驳船的顶端,⑤
身子笔直向下,一头扎进黑色深渊。

---

① 据原注所说,这里说的"报刊"是指《伦敦杂志》(*London Journal*)、《不列颠杂志》(*British Journal*)和《每日杂志》(*Daily Journal*)等出版物,这些出版物报道新闻和丑闻,为各自党派服务,并且见风使舵,时常改换政治立场。这些出版物的作者经常匿名或化名发表作品,其中包括奥德米松(John Oldmixon, 1673—1742)、茹姆(Edward Roome, ?—1729)、阿瑙(William Arnall, ?—1736)和康卡宁。

② 配克(peck)为英制固体计量单位,一配克约等于八点八升。以"铅锭"作为奖品,是呼应第一卷当中"铅做的新萨吞时代",以煤作为奖品,则凸显这些"选手"的穷困。据原注所说,蒲柏刻意点出他们的窘境,是为了使他们的卑劣行径显得"情有可原"。

③ 这一行是戏仿弥尔顿《失乐园》第四卷的诗句:"(堕落之前的亚当和夏娃)一身赤裸威仪,好似万物君长。"

④ 米罗(Milo)是公元前六世纪的希腊摔角手。原注引用了奥维德《变形记》第十五卷的诗句:"年齿迟暮的米罗,看着自己原本如赫剌克勒斯一般的肌肉,已变得松松垮垮,不由得潸然泪下。"传说米罗曾尝试掰裂一棵大树,结果是手卡在树缝里动弹不得,由此惨遭狼群吞噬。蒲柏把奥德米松比作米罗,一方面是说他老迈无用,一方面是说他对蒲柏的攻击如同蚍蜉撼树。

⑤ 潮涨沟当时可以行船,但驳船既已搁浅,说明时值落潮,水最浅,污泥最多。

在场众人都称赞，这长者实是精明，
290　他奋力攀上高处，只为了栽得更深。
斯梅德利①接踵跳下，只见吱吱淤泥，
激荡出几圈涟漪，便合拢再无裂隙。
众人见他消失无踪，齐声叹息发喊，
河岸上枉然响彻，"斯梅德利"的呼唤。
295　某人②也略试身手，却几乎不曾没顶，
他旋即浮出水面，顷刻间重见光明；
他随同泰晤士河的天鹅，高飞远引，
看样子尚未打上，深黑浊流的烙印。
康卡宁鬼鬼祟祟，一下子没入沟底，
300　好一个血冷气长，深渊的嫡系子裔：③
如果说单靠坚持，便可得跳水冠军，
没完的布莱克莫，也只能向他称臣；
他不能动不能挪，连声音也发不出，
无知觉的沟水，在他身上沉睡如湖。

---

①　斯梅德利（Jonathan Smedley，1671—1729）为英国教士，原注说他写过许多毁谤文章，并曾激烈攻击斯威夫特和蒲柏。

②　"某人"的原文为一个星号。在《呆厮国志》的早期版本中，这个星号是"H——"，指的是英国诗人及剧作家艾伦·希尔（Aaron Hill，1685—1750）。希尔和蒲柏的关系时好时坏，曾请求蒲柏把他移出《呆厮国志》。从诗中描写可以看出，蒲柏虽然没有完全满足希尔的要求，终归还是对他笔下留情。

③　据原注所说，康卡宁写了小册子《深文补遗》（*A Supplement to the Profund*）来攻击蒲柏的著作，并且拿"我从深处向你求告"这句话（出自《旧约·诗篇》）来充当自己的座右铭。

305 　接着跳的是一伙，铤而走险的弱者，
　　　每人背上都背着，患病的弟兄一个：①
　　　朝生暮死的女神子嗣啊！片刻漂游，
　　　转眼便沉入淤泥，陪伴淹死的小狗②。
　　　你要问他们名姓？我与其谈论他们，
310 　倒不如说说，这些闭眼狗崽的身份。
　　　奥斯本嬷嬷，像失去孩子的奈厄比，
　　　坐在狗崽们旁边，惊骇得化成顽石！③
　　　纪念的铜匾，铭刻着这样一行文字：
　　　"这些是，噢不对！这些曾是，公报才子！"④

---

① 当时报纸的一种主要形式是单面印刷可以张贴的"大报"（broadside），这些"弱者"指的是政府宣传品《每日公报》（参见前文注释），这份报纸印行向全国分发的两期合刊，一期印在正面，一期印在反面。

② "淹死的小狗"指主人不要的狗崽，生下来尚未睁眼便被主人扔到沟里，下文故有"闭眼狗崽"之说。

③ 奈厄比（Niobe）是古希腊神话中的女子，生有七子七女。她吹嘘自己胜过勒托（Leto），因为勒托只生了一子一女（即日神阿波罗和月神阿耳忒弥斯）。阿波罗和阿耳忒弥斯为母亲出气，杀死了奈厄比所有的孩子，悲痛的奈厄比化成了石头。"奥斯本嬷嬷"（Mother Osborne）指辉格党报人詹姆斯·皮特（James Pitt, ?—1763），他化名"弗朗西斯·奥斯本"（Francis Osborne）在《伦敦杂志》（后并入《每日公报》）发表为政府歌功颂德的宣传文章。"奥斯本嬷嬷"是对"Francis Osborne"这个名字的揶揄，因为这个名字的缩写"F. Osborne"可以理解为"Father Osborne"（奥斯本神父）。原注说皮特是资格最老最正统的政府吹鼓手，其他吹鼓手（亦即此处的"狗崽"）都是学他的样，后来他为这些后辈感到羞愧，以至于放弃了吹鼓行当，所以有"化成顽石"之说。

④ 据原注所说，沃波尔（参见前文注释）花费大量公帑来豢养这些吹鼓手，却不曾赞助真正的饱学之士。1742年沃波尔辞职之后，吹鼓手们失去靠山，成为主人不要的狗崽，自然是树倒猢狲散，所以有"曾是"之说。

315 　胆大阿瑙别具一格①，他沉重的脑袋，
　　　迅猛地扎进水里，彰显他蛮勇痴呆。
　　　他铆足地球引力，赐他的全部力道，
　　　挥动抡圆的手臂，搅起漩涡与风暴。
　　　向下划以利上蹿，向后划以利前进，
320 　哪只滚烂泥的螃蟹，也没有他起劲。
　　　他把半条沟的污泥，翻上他的头顶，
　　　高声宣告他已经，赢下报刊和铅锭。
　　　擅长跳水的主教，和臃肿的大主教，②
　　　满怀神圣的妒火，给这个俗人让道。
325 　正在这时，瞧！大作的雷声震动水面，
　　　一个气昂昂的泥裹人形，慢慢浮现，
　　　边走边抖搂，黢黑额头的骇人秽物，
　　　本已狰狞的五官，因泥污愈显冷酷。
　　　他身形大了一圈，目光也炯炯非凡，
330 　站定便娓娓道来，深处的种种奇观。

---

① 前面几行关于公报写手的诗句是后来插入的，描写阿瑙的诗行原本承接描写康卡宁的诗行，所以有"别具一格"之说。另据原注所说，阿瑙是尤为无耻的政府吹鼓手，从政府获得了巨额酬劳。《呆厮国志》第一版里没有阿瑙，是因为他曾向蒲柏保证改邪归正，恳求蒲柏不把他写进此诗，但他出尔反尔，变本加厉，所以跻身此诗的后续版本。

② "擅长跳水的主教"指沃波尔的老友、伦敦主教托马斯·歇洛克（Thomas Sherlock，1678—1761）。据沃波尔回忆，学生时代的歇洛克曾一头扎进冰冷的河水，使同学们惊叹不已。"臃肿的大主教"可能是指坎特伯雷大主教约翰·波特（John Potter，1674?—1747），波特体态丰肥，著作也部头很大。

>　　他首先讲到，沟水没过他下巴之时，
>　　泥仙如何为他倾倒，将他吸入沟底；①
>　　年轻的鲁特霞，身子比羽绒还柔软，
>　　还有乌黑的尼癸娜，褐黄的梅丹曼，②
> 335　全都在水下的漆黑闺房，向他求爱，
>　　正如往古水仙，将美男许拉斯诱拐。③
>　　然后他唱到，这些棕褐仙女告诉他，
>　　斯提克斯的一支，冲出冥界的管辖，
>　　吸纳忘川的水流，携带梦乡的水汽，
> 340　从地府涌上凡间，流到这潮涨沟里④
>　　（正如埃菲斯的隐秘水流，潜行海下，
>　　将比萨的贡物，带给他的阿瑞图萨），⑤

---

① 这里的"他"就是前文中消失无踪的斯梅德利。"泥仙"原文为"Mud-nymph"，由古希腊神话中的"water-nymph"（水仙，水中仙女）改造而来。

② 这里列举了三位"泥仙"。"鲁特霞"原文为"Lutetia"，由拉丁词"*lutum*"（淤泥）衍生而来。"尼癸娜"原文为"Nigrina"，由拉丁词"*Nigra*"（黑色的）衍生而来。"梅丹曼"原文为"Merdamante"，由拉丁词"*merda*"（粪便）及"*amans*"（钟爱）组合而成。

③ 根据古希腊神话，大英雄赫剌克勒斯（Heracles）的仆从许拉斯（Hylas）十分俊美，因此在取水时遭到水仙绑架，从此下落不明。

④ 斯提克斯（Styx）是古希腊神话中冥界的主要河流。忘川（Lethe）是另一条冥河，死者饮下河水，便忘记生前一切。梦乡（Land of dreams）亦为冥界处所。据原注所说，忘川和梦乡分别喻指文人的两种呆傻状态，亦即"昏昧"和"妄想"。

⑤ 埃菲斯（Alpheus）是古希腊神话中的猎手，爱上了女仙阿瑞图萨（Arethusa）。为了躲避埃菲斯的追逐，阿瑞图萨逃上西西里的一个小岛，化身为一股泉水。埃菲斯便化为伯罗奔尼撒半岛上的一条河，从海下流到岛上，与阿瑞图萨化身的泉水合流。埃菲斯河流经比萨（Pisa）附近。

然后注入泰晤士；于是这杂拌河水，
使活泼呆厮发狂，使沉稳呆厮昏睡：
345 这边厢，闹腾水汽将圣殿悄然笼罩，
那边厢，故城众人饮过水醺醺躺倒。①
泥仙们引领他，款款去到冥河岸隅，
教士诗人安息之地，教士全体起立，
并且让米尔伯恩②，代大家致意示好，
350 米尔伯恩赠给他，礼服、腰带和法袍：
"这些衣袍我曾穿用，如今请你笑纳；
"神圣的呆厮女神，有明理教士护驾。"
斯梅德利讲完，便将一件法袍展开，
众人都欢呼，圣徒穿长衣好生气派。
355 一支黑色的大军，簇拥到他的周围，
全都是底层生监房养，自私的奴辈，③

————————

① 梦乡水汽可使"活泼呆厮"发狂，圣殿教堂左近区域有两所律师学院，蒲柏视学院里的年轻律师为"活泼呆厮"的代表。除此而外，当时的杂文作家和新闻写手往往说自己出身于法学机构。忘川水流可使"沉稳呆厮"昏睡，此处的"故城众人"原文为"all from Paul's to Aldgate"（从圣保罗大教堂到阿尔德门的一切人等），概指故城的官长士绅。

② 米尔伯恩（Luke Milbourn，1649—1720）为英国教士、批评家及诗人。原注说他曾攻击德莱顿的维吉尔译本，并且不惮于拿他自己的拙劣译本来跟德莱顿对比，因此是"最为公道的批评家"。

③ 这几行说的是倾听斯梅德利讲述的一众"教士呆厮"（斯梅德利本人也是教士），"黑色"是法衣的颜色，"监房"指修院的封闭环境。原注特意指出，这些诗句并不是针对所有教士，抨击对象仅限于那些涉足世俗事务甘当党派奴才的教门败类。

宜护卫亦宜刺杀，宜诋毁亦宜颂赞，
　　天国佣兵，可为任何神任何人而战。
　　黑色的队伍，涌过卢德的著名城门，
360　盖满那潮涨名街①，乌泱泱一路前行，
　　布道词、月旦评②和小品文，阵阵倾泻，
　　羊毛般回旋飘舞，将街衢染成白色，
　　好比雾气，从下方的泥沼汲取水分，
　　升腾为乌云朵朵，下降为雪片纷纷。
365　呆厮女神在此止步，随即庄严宣布，
　　来一场轻松竞技，为这次赛事闭幕：
　　"各位批评家！我想借你们头脑一用，
　　"拿它们当天平，称一称作家的轻重，
　　"看一看我的亨莱③，和我的布莱克莫，
370　"谁的篇章最能安神，最有催眠效果。
　　"你们都来参加，我安排的这场考验：

---

①　伦敦故城的卢德门（Ludgate）据说是传奇不列颠王卢德（Lud）所建（实为古罗马建筑），穿过城门就进入潮涨街（Fleet Street）。这条街当时是伦敦的出版业中心（今日犹然），故有"名街"之说。"Fleet Street"中文通译为"舰队街"，但这条街因潮涨沟而得名，街名中的"fleet"并无"舰队"之义。

②　月旦评（Character）即品评人物的文章，当时的文人经常用这种文章攻击对手或抬高自己。

③　这里的"亨莱"原文为"H——ley"，可以指前文提及的亨莱（Henley），但蒲柏在此处故意不写完整姓名，用意可能是一箭双雕，捎带着抨击时任温切斯特主教（Bishop of Winchester，英格兰最古老也最重要的教职之一）的本杰明·霍德利（Benjamin Hoadly，1676—1761）。

　　　　　　"谁要能听完这些作品，始终不合眼，
　　　　　　"能有尤利西斯之耳，阿耳戈斯之目①，
　　　　　　"敢于无视睡神，那征服一切的魔蛊，
375　　　　"便可以赢得，至高至大的裁量权力，
　　　　　　"可评判过去现在未来，一切的才智，
　　　　　　"可挑剔审查决断，一切的是非恩怨，
　　　　　　"可充分享有口舌特权，一直到永远。"
　　　　　　于是三名大学生，和三名活泼律师，
380　　　　走上前来，他们才赋相同，品味一致，
　　　　　　个个都擅长问答辩难，逞口舌之快，
　　　　　　个个都满怀，对于歪诗废话的热爱。②
　　　　　　两位斯文教授，搬来好一堆大部头，
　　　　　　两位英雄③落座，其余人等围在四周。
385　　　　喧闹人群，靠着大杯啤酒④保持肃静，
　　　　　　直至大家齐声哼唧，一片嗡嗡营营。
　　　　　　六名掌读随即上台，操起慵懒拖腔，
　　　　　　慢吞吞念诵，沉重冗长的痛苦篇章；

---

①　尤利西斯（Ulysses）即古希腊神话英雄俄底修斯（Odysseus），曾航行经过西壬女妖（Sirens）所在的岛屿，女妖会用歌声引诱过往海员，使之船毁人亡。为了不受蛊惑，俄底修斯把自己绑上桅杆，又用蜂蜡封住了水手们的耳朵。阿耳戈斯（Argus）是古希腊神话中的百眼巨人，五十双眼睛轮流睡觉，由此可以永远保持清醒。

②　据原注所说，这行是戏仿弥尔顿《失乐园》第三卷的诗句："（我）满怀对于神圣歌曲的热爱。"弥尔顿这句诗是自叙创作动机。

③　即这些"大部头"的作者，亨莱（或霍德利）和布莱克莫。

④　"啤酒"原文为"mum"，指源自德国的一种烈性啤酒，兼有"肃静的"之义。

　　　　字词款款爬行，众人听得心宁神定，
390　听一行一个懒腰，一个哈欠一个盹。
　　　　他们频频昂起脑袋，频频埋首垂头，
　　　　呼应这绝妙曲调，或起或停的节奏，
　　　　好似轻柔阵风里，头重脚轻的松树，
　　　　风来便低下头颅，风定又扬起如故。
395　他们时而向左点头，时而向右颔首，
　　　　接收韵文或散文，带来的睡神问候。
　　　　巴德格三次启口，却三次作声不得，
　　　　因为强力的亚瑟，敲打他胸膛下颌。①
　　　　托兰德和廷达尔②，惯于对教士冷笑，
400　却也向"基督于此世无国"，默然折腰。③

---

　① 巴德格（Eustace Budgell，1686—1737）为英国作家及政客，因仕途及商场失意而行止乖张，曾数次徒劳尝试竞选议员。如果把诗中的"作声不得"理解为他受了无聊诗文的催眠，"强力的亚瑟"就指布莱克莫撰写的两部关于传奇英王亚瑟（King Arthur）的史诗，"强力"意思是催眠效果强大；如果理解为他参选议员未果，"强力的亚瑟"就指当时的下院议长亚瑟·昂斯洛（Arthur Onslow，1691—1768）。
　② 托兰德（John Toland，1670—1722）为英国哲学家及思想家，宗教观点带有自然神论色彩（自然神论的要旨是否认天启，强调人类理性的作用，认为上帝创造了宇宙及其运行法则，之后便不再干预俗世事务）。廷达尔（Matthew Tindal，1657—1733）为英国自然神论作家。原注说这两人不甘于籍籍无名，于是著书立说，攻击本国的宗教。
　③ 据原注所说，"基督于此世无国"之说源自一位主教的布道词，由此可知，这一行是讽刺霍德利（参见前文注释）的观点。1717年3月末，时任班戈主教的霍德利为英王乔治一世讲道，其间以《圣经》所载基督箴言"我的国不属此世"（见《新约·约翰福音》）为据，主张教会彻底脱离世俗事务，借此维护王权。以上两行的意思是，托兰德和廷达尔的观点虽然削弱宗教的地位，但霍德利的观点更为极端，使得二人哑口无言。

坐得最近的听众,率先被催入梦乡,
远处的听众也随着鼾声,脑袋低昂。
六名斯文掌读,手中书卷滚落地面,
一齐在书上躺倒,喃喃地合上双眼。
405 正如某个荷兰人[1],在湖上拉东拉西,
东西落水,便溅起一圈又一圈涟漪,
呆厮女神在子嗣当中,施放的物事,
也造成类似效果,一圈圈扩散不止:
只见点头的动作,从人海中央漾开,
410 一圈接着一圈,蔓延到所有的脑袋。
到最后,森提弗[2]感觉自己出不了声,
莫托[3]的故事,讲到一半便没了下文;
波耶放过了政坛,罗也放过了艺坛,[4]
摩根和曼德维尔[5],无法再废话连篇;

---

[1] 当时的英国人经常把"荷兰人"(Dutchman)用作低俗笑话的主角。

[2] 苏珊娜·森提弗(Susanna Centlivre, 1669?—1723)为英国剧作家及演员,有"十八世纪最成功的女剧作家"之誉。原注虽然提到她写了很多剧本,但并不称她为剧作家,只说她是御厨约瑟夫·森提弗(Joseph Centlivre,生卒年不详)的妻子。

[3] 莫托(Peter Anthony Motteux, 1663—1718)为法裔英国翻译家、剧作家及报人。蒲柏认为他长舌多言。

[4] 波耶(Abel Boyer, 1667?—1729)为法裔英国词典编纂家、报人及作家,编有许多讲述近代及当代政事的书籍。罗(William Law, 1686—1761)为英国教士及作家,曾撰文反对一切戏剧,甚至将剧场称为"撒旦的神殿"。

[5] 摩根(Thomas Morgan,?—1743)为英国自然神论作家,曼德维尔(Bernard Mandeville, 1670—1733)为荷兰裔哲学家、政治经济学家及讽刺作家。据原注所说,前者以"道德哲学家"自居,后者以"不道德哲学家"自傲。

415　丹尼尔和牡蛎女贩子，生出的诺顿，
　　　虽然兼具父亲的面皮，母亲的唇吻，①
　　　此时也默然垂下，永不脸红的头颅；
　　　万众俱寂，仿佛愚痴本身，业已亡故。②
　　　睡神的温柔礼物，为这天画上句号，
420　诗人们像平常一样，在货摊上躺倒。
　　　我何必吟唱，哪一些睡梦中的诗人，
　　　得到夜晚缪斯的引领，去青楼栖身，
　　　哪一些又由治安官陪同，傲然前往，
　　　某一座名闻遐迩、永不打烊的圆房！③
425　灵感上身的亨莱，在污水坑边昏睡，
　　　在肉眼凡胎看来，倒像个神职醉鬼；
　　　其余人等，及时奔向邻近的潮涨街④，
　　　奔向那缪斯盘桓的所在，求个安歇。

---

① 丹尼尔即丹尼尔·笛福，蒲柏认为诺顿（参见前文注释）是笛福和牡蛎女贩子的私生子。此诗前文说笛福脸皮厚"不知羞"，牡蛎女贩子则可想而知，属于嘴巴不干净的"脏话婶"（参见前文注释）一流。

② 据原注所说，这一行是戏仿德莱顿剧作《印第安皇帝》(*The Indian Emperour*, 1665)第三幕当中的诗句："万籁俱寂，仿佛大自然本身，业已亡故。"

③ 以上四行是说这些人号称"诗人"，其实不过是无赖，所以一些跟着"夜晚缪斯"（实指妓女）去了妓院，另一些则被治安官抓起来，去了"圆房"（roundhouse，监狱的别称）。后一种"诗人"由治安官陪同，似乎比由妓女陪同体面，所以有"傲然"之说。

④ 这里的"潮涨街"原文为"Fleet"，既可以指潮涨街，也可以指潮涨监狱（Fleet Prison）。潮涨监狱在潮涨沟边，当时主要用于关押债户和破产者，1846年拆毁。

第三卷

概述

其余人等既已各寻相宜下处，呆厮女神便把呆厮之王贝斯带进她的神殿，让贝斯枕在她的膝头安眠。贝斯得到的这个铺位，功效十分神奇，能呈现狂热信徒、冒险家、政客、花痴、空中楼阁建筑师、炼金术士和诗人的一切憧憬。转眼间，贝斯乘上幻想之翼，由一个疯癫的苦吟西比尔引领，去到伊利耶之原[1]，看见巴乌斯[2]坐在忘川河畔，正在给一众呆厮的亡魂浸水洗浴，浸过才放他们重返阳间。瑟透的亡魂在那里迎候贝斯，给贝斯介绍伊利耶的种种奇迹，以及贝斯本人注定要创造的奇迹。他带着贝斯登上胜览之山，为贝斯展示呆厮女神帝国的往昔辉煌、现时盛况和未来荣光：古往今来，学问在世间开拓的疆域何其窄小，而它征

---

[1] 本卷情节是对维吉尔《埃涅阿斯纪》第六卷相应情节的戏仿，该卷讲到埃涅阿斯进入冥界，在伊利耶之原（Elysium）见到父亲安喀塞斯的亡魂，从父亲那里听到了关于罗马命运的预言。西比尔（sibyl）是古希腊人对一些据信拥有预言本领的女子的称呼，其中最著名的是阿波罗神谕所祭司库麦西比尔（Cumaean Sibyl）。埃涅阿斯的冥界之行，便是由库麦西比尔引路。伊利耶是古希腊神话中有福之人死后安居的乐土，在《埃涅阿斯纪》当中则是善人灵魂等待转生的冥界处所。

[2] 巴乌斯（Bavius）是维吉尔在《牧歌集》（*Eclogues*）当中嘲讽的一个蹩脚诗人，后成为拙劣作家的代名词。

服的这些弹丸之地,又在何其短暂的时间里遭到夺占,重新成为呆厮女神的国土。接下来,瑟透特意指出大不列颠岛的所在,并且告诉贝斯,女神将依仗哪些助力,借重哪些帮手,经由哪些步骤,把这个岛纳入她的版图。瑟透把其中一些帮手召来接受贝斯的检阅,向贝斯逐一介绍这些帮手的面貌、品性和资质。此后场景突变,千万种异象奇观,一时间纷至沓来,连呆厮之王本人也觉得见所未见,惊诧莫名,以至于需要瑟透向他解释,眼前所见,正是他自己刚刚肇始的王朝,即将缔造的非凡伟业。瑟透就势向贝斯道贺,同时也不无嫉妒,因为在瑟透自己的时代,这些奇迹还只是初露端倪。瑟透继续预言,大不列颠将会被闹剧、歌剧和杂耍所征服,以致呆厮女神的王座渐次凌驾所有的剧院,甚至将宫廷占据,最终使文艺和学问的要津,通通落入女神子裔的掌握。如此这般,瑟透借由一个匆匆掠影,或者说一个毗斯迦胜览[①],向贝斯揭示了未来时日,女神荣光臻于完满的盛世。这个盛世的种种成就,正是本书四卷亦即末卷的主题。

> 涂膏的王者,却在呆厮女神的神殿,
> 最幽深的内室,枕着女神膝头安眠。
> 女神用幽蓝蒸汽的帘帏,环绕贝斯,
> 再给他轻轻洒上,辛墨里人[②]的露滴。

---

① 据《旧约·申命记》所载,以色列先知摩西(Moses)临终之时,耶和华曾在毗斯迦山(Pisgah)向摩西展示应许之地的全景。

② 辛墨里人(Cimmerii)是荷马史诗《奥德赛》第十一卷提及的一个民族。辛墨里人的国土云遮雾罩,以致他们生活在永恒的黑暗之中。

5　于是贝斯的神志，充溢高烧的狂喜，
　　剔除理性的头脑，才识得这等妙趣；
　　于是他从疯人院先知①，打盹的草荐，
　　聆听喧哗吵嚷的神谕，与众神交谈；
　　眼前浮现虚妄的天堂，政客的伎俩，
10　建在空中的城堡，金光灿灿的梦想，
　　怀春少女的痴心，炼金术士的火焰，
　　以及诗人脑子里，名垂不朽的执念。
　　呆厮之王，乘轻快的幻想之翼下降，
　　转眼便看见，伊利耶之原已在前方。
15　穿拖鞋的西比尔，引领他一路向前，
　　边走边在亢奋的癫狂里，觅句寻篇；
　　西比尔的发绺，在诗歌迷梦中直竖，
　　若要洗沐，只用卡斯塔利亚②的甘露。
　　胜似喀戎的泰勒③，驾船渡他们过河
20　（他虽不再吟唱，却曾是泰晤士天鹅）；

---

①　"疯人院"原文为"Bedlam"，指伯利恒精神病院（参见前文注释）。疯人院里常有自诩先知的病人。

②　卡斯塔利亚（Castalia）是希腊帕纳索斯山麓（参见前文注释）的一处泉水，据说是同名女仙所化，古罗马诗人视之为灵感之泉。

③　喀戎（Charon）是古希腊神话中的冥府摆渡人，负责以小船接引新到冥界的亡魂，送他们渡过冥河斯提克斯。泰勒（John Taylor，1578—1653）为英国高产诗人，出身卑微，没受过多少教育，在泰晤士河上当过船夫，自称"水上诗人"。

依然宠眷呆瓜的本洛维①，欠身示好；
夏德维尔颔首致意，额上沾着烟膏。②
此地有个昏暝山谷，谷中忘川滚滚，
老巴乌斯坐在河边，浸浴一众诗魂，
25 为的是麻痹他们的脑子，使之适合，
装进坚不可摧、刀枪不入的呆脑壳。③
刚浸过忘川河水，众魂灵即刻飞升，
奔赴布朗和米尔斯④，打开的光之门，
去那里索要全新的躯壳，裹上牛皮，
30 成群结队地冲向阳间，等不及现世。
贝斯看见这河边，有魂灵万千无数，
密得像夜空里的星斗，清晨的露珠，
密得像围绕春日繁花，纷飞的蜂群，

---

① 本洛维（Edward Benlowes, 1603—1676）为英国诗人。原注说他不光诗艺拙劣，并且大力赞助其他的蹩脚诗人（比如夸尔斯），以至于为此倾家荡产。

② 夏德维尔（参见前文注释）是桂冠诗人，原注说他多年吸食鸦片，最终死于吸食过量。

③ 根据古希腊神话，海洋女神忒提斯曾把初生的阿喀琉斯（参见前文注释）浸入冥河，好让他获得金刚不坏之身。据原注所说，以上四行暗用了忒提斯的典故，同时指涉维吉尔《埃涅阿斯纪》第六卷关于灵魂等待转生的描写："但埃涅阿斯的父亲安喀塞斯，却深居一个青葱的山谷，凝神观看那些幽禁谷中、等着升入阳间的灵魂。"

④ 布朗（Daniel Brown，生卒年不详）和米尔斯（参见前文注释）都是当时的英国书商，与许多蒲柏鄙视的作家合作。原注说他们"什么人的书都出"。亡魂经"光之门"还阳，好比书籍经书商之手面世。

　　　　密得像戴枷瓦德，领受的鸡蛋赠品。①
35　贝斯正看得吃惊，瞧！来了一位圣贤，
　　　　他宽阔的肩膀，以及他耳朵的长短②，
　　　　还有他的圈领外套，（死前六个年头，
　　　　他只有这身衣服③），都表明他是瑟透。
　　　　衣服主人的状况，与衣服一模一样，
40　新境中仍是旧观，变相里透出本相。
　　　　这伟大的前辈，和蔼亲切一如生前，
　　　　开始对更为伟大的后辈，娓娓而谈：
　　　　"噢！请看这条泯灭之河，造就的奇观！
　　　　"因为你天生能见，清醒者所不能见。
45　"出生之前，你也曾来到这神圣涯岸，
　　　　"巴乌斯的手拎着你，浸浴五次三番。
　　　　"但凡人看不见前生后世，过去未来，
　　　　"谁能够知晓，自己出生之前的状态？
　　　　"谁能够知晓，你那迁徙漂泊的灵魂，

---

① 据原注所说，这里的"瓦德"是指约翰·瓦德（John Ward，1682—1755），此人曾当选英国议员，后来犯下伪造罪，由此被逐出议会，并被处枷号示众。原注同时指出，鉴于约翰·瓦德示众时并未遭受鸡蛋攻击，这里的"瓦德"也可能是指第一卷曾提及的爱德华·瓦德（参见前文注释），此人亦曾枷号示众。

② 下文说明了此人是瑟透。"耳朵的长短"原文为"length of ears"，原注说这可能是抄写错误，正确版本应为"length of years"（年岁的长短），因为瑟透未曾遭受割耳之刑，但活到了七十六岁高龄。

③ 瑟透潦倒而终，死在救济院里。

50 "多少次投胎,转世为多少波伊夏人?
"多少次纡尊降贵,在荷兰人里偷生?①
"多少次化身老神棍,辗转多少路程?
"之后又有多少次,趁世道蒙昧颠顶,
"将鸱鸮的常春藤,编进诗人的桂冠?
55 "好比人体的蜿蜒河川,将所有波澜,
"导向生命的源泉,再回流完成循环;②
"又好比竹制蜻蜓③,借巧手村童摆布,
"随着中轴的旋转,把线绳吞进吐出;
"古往今来的一切废话,同样是如此,
60 "将会以你为中心,经由你周流不止。
"所以我们的女王,将种种真实知见,
"展示给你的心眼,因为你需要博览:
"往昔的辉煌景象,久已消逝的年代,
"将首先应命呈现,奔涌到你的脑海;
65 "然后她会让你,纵览她勃兴的王朝,

---

① 波伊夏人以愚蠢闻名,参见前文注释。荷兰人是当时英国的流行笑柄,亦见前文注释。

② "蜿蜒河川"原文为"Maeanders","Maeander"是"Meander"的异体,指密安德河(参见前文注释)。据蒲柏的友人、英国历史学家约瑟夫·斯彭斯(Joseph Spence,1699—1768)《书人轶事》(*Anecdotes, Observations, and Characters, of Books and Men*)所说,蒲柏曾告诉斯彭斯,这个对句写的是血液循环。

③ 据当代美国历史学家唐纳德·拉赫(Donald Lach,1917—2000)《欧洲建构中的亚洲》(*Asia in the Making of Europe*)一书所说,竹蜻蜓在文艺复兴时期即已传入欧洲,出现在了达·芬奇的素描里。

"让过去未来的盛况,在你胸中燃烧。

"请随我登上此山,从云遮山顶俯瞰,

"女神的帝国,包举海陆的无疆幅员。

"看,两极周围,那些寒光闪耀的冰壤,

70 "看,赤道左近,那些香料生烟的炎方,

"大地的四极,到处插遍女神的黑纛,

"万国万族,全都被女神的阴影笼罩!

"现在你极目东望,太阳和东方学问①,

"便是从那边,踏上它们的光明旅程,

75 "有一位半神君主,将这份骄矜铲除,

"他曾修筑长墙,隔绝游牧的鞑靼族;

"老天爷!好一个火堆!焚毁无数世纪,

"只一道耀目火光,学问便化为空气。②

"你再把你喜洋洋的双眼,转向南边,

80 "那里也已经腾起,同样辉煌的火焰,

"贪婪的火神,扑向一个又一个书橱,

"火舌舔光所有那些,疗救灵魂之处。③

---

① 据原注所说,蒲柏赞同一切学问源自(相对欧洲而言的)东方的观点。
② 以上四行说的是秦始皇修筑长城和焚书的事情。
③ 以上四行说的是古埃及亚历山大图书馆(Library of Alexandria)遭劫的事情。该馆据说由古埃及君主托勒密一世(Ptolemy I Soter,前367?—前282)创建,是古代世界最大的图书馆,后来屡遭劫难,终至湮灭。关于该馆的命运,说法之一是穆斯林君主奥马尔(Omar,584?—644)在攻占亚历山大城之后下令焚毁了图书馆(原注引用了这种说法)。据公元前一世纪的希腊历史学家狄奥多罗斯(Diodorus Siculus)《历史丛书》(*Bibliotheca Historica*)第一卷所说,古埃及底比斯(Thebes)的一座图书馆刻有"疗救灵魂之处"的铭文。亚历山大图书馆的门口,据说也有这样的铭文。

"瞧,学问只照到地球,多么小的部分!
"何况这学问的光线,顶多算是微明。
85 "曙光初露,海珀里亚天穹即刻孳生,
"怎样的成形黑暗,怎样的汪达尔云!①
"瞧!塔纳伊斯冰河,爬行在积雪荒漠,
"爬行在迈俄提斯,终年沉睡的处所,②
"那片北方土壤,哺育无数剽悍儿郎,
90 "哥特人、奄蔡人和匈人③的伟大乳娘!
"你看那亚拉里克,威风凛凛!再看那,
"孔武的盖萨里克!鬼见愁的阿提拉!④
"看大胆东哥特人,突然袭击雷舍姆⑤,
"看勇猛西哥特人,攻打西班牙高卢!

---

① 海珀里亚人(Hyperboreans)是古希腊神话中的极北民族,蒲柏用以指代侵扰罗马帝国并最终颠覆西罗马帝国的北方日耳曼诸民族,汪达尔人(Vandals)是其中一支,曾于公元五世纪劫掠罗马城。

② 塔纳伊斯(Tanais)是顿河(Don)的别名,迈俄提斯(Maeotis)是亚速海(Sea of Azov)的别名。顿河从俄罗斯中部流入亚速海。

③ 哥特人见前文注释。奄蔡人(Alans)为古代中亚游牧民族,经常劫掠罗马帝国的高加索诸行省。匈人(Huns)亦为中亚游牧民族,四、五世纪之间劫掠欧洲,匈人和匈奴人之间的关系尚无定论。

④ 亚拉里克(Alaric I, 370?—410)是西哥特人的国王,公元410年率军劫掠罗马。盖萨里克(Gaiseric, 389?—477)是汪达尔人的国王。阿提拉(Attila, 406?—453)是匈人的国王,多次率军侵扰罗马帝国,由此被欧洲人称为"上帝之鞭"(the scourge of God)。

⑤ 雷舍姆(Latium)为古代地区,即意大利中西部罗马城所在的一片区域,对应今天的拉齐奥。

95　"看那金色的晨曦,照耀的棕榈海隅,

　　"(那里是艺文繁盛,字母初生的福地),

　　"阿拉伯先知在那里,招募本族军队,

　　"以征伐捍卫愚知,以律法推崇愚昧。①

　　"基督犹太教徒,谨守永远的安息日②,

100　"整个西方世界彻底臣服,昏睡不起。

　　"瞧!罗马也不再是,骄傲的风雅女王,

　　"光知道冲着异教的传说,大闹大嚷;③

　　"白头发的教会会议,禁毁未读之书,

　　"培根为自己铸造的铜头,瑟瑟惊怵。④

105　"帕多瓦连声叹息,看李维付之一炬⑤,

---

①　据原注所说,"棕榈海隅"是指腓尼基、叙利亚之类的地区(亦即北非及地中海东岸),这些地区是字母文字的发源地,但也是阿拉伯先知穆罕默德(Muhammad, 570?—632)征伐战争的起点。这几行诗反映了当时西方人对伊斯兰教的一种偏见。

②　意即一周的每一天都变成了不事学问的"安息日"。

③　据原注所说,以上两行针对的是教皇格雷戈里一世(Pope Gregory I, 540?—604)。原注引用法国哲学家及作家皮埃尔·贝尔(Pierre Bayle, 1647—1706)《历史批判词典》(*Dictionnaire Historique et Critique*, 1697)的说法,称这位教皇极力消除异教影响,以至于焚毁古典著作,摧毁古典建筑。但贝尔本人在书中指出,这些指责不一定可靠。

④　培根即英国哲学家及修士罗杰·培根(Roger Bacon, 1219/20—1292?),他可能曾因异见遭到教会软禁。传说他曾制造一个能够回答问题的铜铸人头,由此有理由担心招来施行巫术的指控。

⑤　据说格雷戈里一世曾下令焚毁古罗马史家李维(Livy, 前64/59—12/17)的著作。帕多瓦(Padua)为意大利北部城镇,李维的诞生地。

"就连对跖点,也在哀悼维吉利乌斯。①

"看,斗兽场倒塌,无柱神庙摇摇欲坠,

"英雄铺满街面,神像堙塞台伯河水,

"直至皈依的朱庇特,装点彼得钥匙,②

110 "异教的潘神,把头上双角借与摩西。③

"看,不贞的维纳斯,被改成童贞圣人,④

"菲狄亚斯遭锤打,阿佩莱斯遭火焚。⑤

"再看那岛屿,走着些棕枝客⑥和香客,

"长髯或秃头,僧装或俗服,或是穿鞋,

---

① 对跖点(antipode)为地理学名词,位于地球直径两端的两个点(比如南北极点)互为对跖点。维吉利乌斯(Vergilius of Salzburg, 700?—784)为爱尔兰教士,后担任萨尔茨堡主教,曾因支持对跖点学说而遭到教会申斥。

② 斗兽场(Colosseum)为古罗马著名建筑,台伯河(Tiber)是流经罗马的河流。据原注所说,教廷掌控罗马之后,历代教皇大肆摧毁异教神庙和雕塑,以至于"哥特人出于狂怒毁掉的古典丰碑,不见得比教皇出于虔诚毁掉的多"。到后来,教廷开始把神庙改造为教堂,异教神像改造为基督教圣像,比如把阿波罗神像改为以色列圣王大卫(David)像,雅典娜神像改为犹太女英雄朱迪斯(Judith)像。"彼得钥匙"即圣彼得的钥匙,亦即教皇纹章上的交叉钥匙,喻指教会权柄。

③ 潘(Pan)是古希腊神话中半人半羊的山林之神,头上有角;由于对拉丁文《圣经》相关文字的误解,西方古人长期认为以色列先知摩西也长了角(米开朗基罗雕塑的摩西像就有角)。所以蒲柏在这里调侃,潘神像可以改造为摩西像。

④ 维纳斯(Venus)是古罗马神话中的爱神,对应古希腊神话中的阿弗洛狄忒,是爱欲的象征。"童贞圣人"即圣母玛利亚。

⑤ 菲狄亚斯(Phidias,前480?—前430?)是古希腊最伟大的雕塑家,阿佩莱斯为古希腊著名画家,参见前文注释。

⑥ 棕枝客(palmer)指随身携带棕榈枝、借此表明自己到过圣地(巴勒斯坦)的朝圣者。

115 "或是赤脚，破衫或补丁，道袍或粗呢，
"庄重艺人！有的没衣袖，有的光膀子。①
"那便是往古英伦——甚好！怪只怪那些，
"较比暴烈的女神子裔，还有复活节。②
"伟大的呆厮女神，平和时永远可亲，
120 "可是她一旦拔剑，那战况何等惊心！
"你生逢盛世，千万别这样自寻烦恼！
"势力你只管扩张，怒火却克制为好。
"看哪，我的孩子！良辰吉日就要来临，
"即将使我们的女神，执掌帝皇权柄；
125 "她会像鸽子一样，将这心爱的岛屿，
"这叛离已久的属地，重新拢进羽翼。
"现在来展望命运！观瞻女神的蓝图！
"看何等帮手走卒，充当她霸业支柱！
"看她所有的苗裔，汇聚成洋洋大观！
130 "趁他们升到亮处，你好生观瞻点算。

---

① 以上四行叙写中世纪不列颠的景象，说当时的人们醉心于各式各样的宗教和迷信，这些宗教和迷信又与市井娱乐交织不分。"艺人"原文为"mummer"，指民间戏剧演员。

② 据原注所说，这两行诗讲的是"英格兰的往古战争，战端是复活节的正确日子"。从公元六世纪末开始，由于对复活节日期的计算方法意见不一，不列颠本土的凯尔特基督教会与罗马教会发生了激烈的争执（"战争"是蒲柏的夸张），最终是罗马教会的意见占了上风。

"正如穹苍之母比瑞辛霞①,端居圣所,
　　　"一边接受她后裔,争先恐后的朝贺,
　　　"一边环顾她四周,仔仔细细地端详,
　　　"她的一百个儿子,每一个都是神王,
135　"呆厮女神也将加冕,一样荣光无限,
　　　"一边在格拉布街,以巡游庆祝凯旋,
　　　"一边向她的帕纳索斯,自豪地扫视,
　　　"她的一百个儿子,每一个都是呆厮。
　　　"你先看这位青年,他走在队列前端,
140　"将他整个的身躯,直塞进你的眼帘。
　　　"降临人世吧,带上令尊的一切美德!
　　　"一位全新的希伯,即将为舞台增色。②
　　　"再看第二位,他出了名的温良谦恭,

-----

①　比瑞辛霞(Berecynthia)是大地母神库柏勒(参见第一卷关于"伟大母亲"的注释)的别称,源自弗里吉亚地区的比瑞辛萨山(Mount Berecynthus)。库柏勒是主神及穹苍之神朱庇特的母亲,所以有"穹苍之母"之说。另据原注所说,以下四行是仿拟维吉尔《埃涅阿斯纪》第六卷安喀塞斯把罗马城比作比瑞辛霞的诗句:"她(罗马城)拥有无数英雄后代,好比母神比瑞辛霞,/顶戴雉堞冠冕,一边驾战车巡视弗里吉亚诸城,/一边自豪地怀想,她的一百个儿子,/个个都是神祇,个个都高居天庭。"

②　以上四行说的是希伯的儿子希奥菲勒斯·希伯(参见前文注释)。此人不光演技粗鄙,还曾纵容妻子与人通奸,借此获取钱财,然后又状告"第三者",索取巨额赔偿,但最终只得到区区十镑。另据原注所说,这几行指涉维吉尔《牧歌集》第八首的诗句:"降临吧,晨星,来引领白昼天光。"(魔王撒旦的别名之一是"晨星"。)以及同书第四首的诗句:"他将会统治,他父亲开创的太平世界。"

84

"并且不事张扬,像偷偷饮酒的女佣;
145 "瓦德啊,你若摆脱,酒精酿成的惨境,
"定然能德厄菲附身,像他一样歌吟!
"每座酒馆,每间酒廊,都会为你扼腕,
"每爿酒铺也会,报以更凄惨的长叹。①
"再看看雅各,这'文法之鞭'须当敬重,
150 "更何况他同时是,法律的走火炮筒。②
"再来看波普的威势,气焰满城弥漫,③
"看霍讷克的凶眼,茹姆的丧家苦脸。④

---

① 以上六行说的是爱德华·瓦德(参见前文注释)。瓦德曾长年经营酒馆生意,据说酗酒成性。德厄菲(Thomas D'Urfey,1653—1723)为英国剧作家及诗人,写有一些流行的酒歌,蒲柏对他的作品评价不高。这几行暗含的意思是,瓦德即便摆脱了酒精的影响,仍然成不了高水平的作家。

② 以上两行说的是英国作家吉尔斯·雅各(Giles Jacob,1686—1744),此人著有两卷本《诗人录》(*Poetical Register*,1719—1720),以及广受欢迎的《新法律词典》(*A New Law Dictionary*,1729)。"文法之鞭"(scourge of grammar)的含义类似于阿提拉的绰号"上帝之鞭",参见前文注释。"走火炮筒"原文为"blunderbuss",兼"霰弹枪"及"蠢材"二义。据原注所说,雅各曾在《诗人录》当中无端攻击蒲柏的朋友约翰·盖伊。原注还引用了《诗人录》中的雅各自叙,从引文可以看出,雅各不光将写作视为经商之余的轻松消遣,并且将涉足商业视为作家的光荣。

③ 波普(William Popple,1701—1764)为英国官员及剧作家,曾撰写攻击蒲柏的文字。诗中说到他的"气焰",可能是因为他曾声称,他写的喜剧《夫人的报复》(*The Lady's Revenge*,1734)得到了宫廷的支持,并且声称,对该剧的恶评都是出于党派立场的偏颇之论。

④ 霍讷克(Philip Horneck,1673?—1728)为英国报人,曾长期担任国库律师。茹姆(参见前文注释)出身于开殡仪馆的家庭,并以长相丑陋闻名,在霍讷克死后接任国库律师。据原注所说,这两人都是恶毒的党派写手。

"看奸笑的古德①,一半阴险一半癫狂,
"笑里藏刀的邪魔,恶毒得近于荒唐。
155 "一只只小天鹅,在巴斯和唐布里奇,
"用甜美悦耳的口哨,遮掩水中臭气;②
"这些无名的名字,又写歌又写诗谜,
"好一帮乌合之众,最应该骂名鹊起。
"有一些竭力凑韵,使缪斯身受酷刑,
160 "缪斯的惨叫,像万千烤架③吱呀之声;
"有一些不讲韵脚道理,无规也无矩,
"碎普里西安之首,折珀伽索斯之翼;④
"寇尔帐下的这一班,弥尔顿和品达,⑤
"高喊口号,打着旋儿猛扑向下,向下。
165 "肃静,你等饿狼!听拉尔夫对月狂嚎,

---

① 古德(Barnham Goode,1674—1739)为伊顿公学教师,政府的雇佣写手。原注说他写过讽刺蒲柏的文字,还曾受雇撰写许多毁谤他人的匿名报刊文章。
② 巴斯(Bath)和唐布里奇(Tunbridge)都是当时英国时髦的水疗胜地,这些地方也聚集着一些蹩脚诗人("小天鹅"),他们以应景诗歌("口哨")娱乐游客,使他们不再留意矿泉的刺鼻气味。原注说这些人实在渺小,不值得指名道姓。
③ 烤架(jack)指旋转式烤架附带的使肉在火上转动的装置。
④ 普里西安(Priscian)为公元五、六世纪之交的古罗马语法家,撰有拉丁语法经典著作《语法原理》(*Institutiones Grammaticae*)。珀伽索斯(Pegasus)是古希腊神话中的飞马,诗歌灵感的象征。
⑤ 品达(Pindar,前518?—前438)为古希腊大诗人。这些人既然在寇尔(参见前文注释)帐下,"弥尔顿和品达"自然是意在揶揄的反语。

"将夜晚变成噩梦——回应他,你等鸱鸮![1]

"理智、辞藻和法度,健在或已故唇舌,

"全都得让路,好让莫里斯[2]有人翻阅。

"流泻吧,威斯特德!学你的啤酒慧根,

170 "陈腐却尚未成熟,稀薄却从不清澄;

"甜腻得如此美妙,寡淡得如此顺口,

"醉人却不烈性,没装满也漫溢横流。[3]

"唉,邓尼斯!唉,吉尔东!什么样的灾星,

"使你俩久经考验的交情,有了裂痕?[4]

---

[1] 据原注所说,以上两行说的是第一卷曾提及的詹姆斯·拉尔夫(参见前文注释),以及拉尔夫的诗歌《夜之诗》(*Night: A Poem*, 1728)。拉尔夫曾为政府写手,后转入反对派阵营,后又受年金引诱,重新投入政府怀抱。"将夜晚变成噩梦"出自莎剧《哈姆雷特》第一幕第四场。

[2] 据原注所说,莫里斯(Morris)即第二卷曾提及的贝萨利(Bezaleel Morrice)。"Morris"是"Morrice"的异体。

[3] 威斯特德(参见前文注释)并不以酗酒闻名,但曾在写给赞助人的《家居公所》(*Oikographia*, 1725)一诗中抱怨自家酒窖空空如也,以致他灵感阻滞。另据原注所说,以上四行是戏仿英国诗人约翰·登纳姆(John Denham, 1614/1615—1669)诗作《库珀山》(*Cooper's Hill*, 1642)叙写泰晤士河的名句:"啊,愿我和我的诗行,都能够流泻如你,/取法你的波涛,以之为伟大范例:/渊深却清澄,温和却不迟滞,/强劲却不暴烈,满盈却不漫溢。"

[4] 吉尔东(参见前文注释)是邓尼斯的走卒,蒲柏说两人之间出现"裂痕",是因为蒲柏曾称诽谤文字《蒲柏先生及其作品的真实品格》(*A True Character of Mr Pope, and His Writings*, 1716)是邓尼斯和吉尔东合写的,邓尼斯对此表示不满,说这篇文章是他独力完成。另据原注所说,邓尼斯"长年关注"蒲柏和蒲柏的作品,蒲柏诗中对他的刻画却只是"点到为止",原因是蒲柏对邓尼斯"多少有点儿敬意",因为邓尼斯好歹给自己的诽谤文字署了名,比其他人强一些。

175 "呆瓜敌视毒舌才子,还算情有可原,
"蠢货跟蠢货相斗,却堪称野蛮内战。
"拥抱吧,我的孩子们!别再相互为敌,
"别让大批评家的血,鼓舞吟诗浪子。①
"瞧瞧那边的一对,看他俩抱得多紧,
180 "举止是多么相似,思想是多么相近!②
"一个给《不平者》写稿,一个效力《讽刺》③,
"一样地伶牙俐齿,一样地斯文有礼;
"他俩的功绩相当,回报也平分秋色,
"一个有领事荣衔,一个有专员官阶。④
185 "然则这位先生,深锁书斋,神色庄肃,
"面皮濡染学问灰土,却是何等人物?
"我两眼看得分明,这妙人古怪离奇,

---

① 以上两行仿拟德莱顿《埃涅阿斯纪》英译本关于罗马内战的诗句:"再次拥抱吧,我的孩子们,别再相互为敌,/别让祖国儿女的血,染污祖国土地。"

② 据原注所说,蒲柏最终决定隐去这两个人的名字,因为他们对蒲柏的中伤是很久以前的事情。尽管如此,注文和诗句本身已经透露了两人的身份。以上两行和以下六行说的是英国律师及作家托马斯·伯尼特(Thomas Burnet,1694—1753),以及英国律师及政客乔治·达克特(George Duckett,1684—1732),两人是亲密朋友,合写了许多讽刺文章和(奉承政府的)政论,其中包括不少攻击蒲柏的文字。除此而外,原注还含沙射影,说两人有同性恋的嫌疑。

③ 《不平者》(*The Grumbler*)和《讽刺》(*Pasquin*)是当时的两种报刊,伯尼特和达克特是这两种报刊的赞助者和撰稿人。

④ 伯尼特当过英国驻里斯本领事(1719—1728),达克特于1722年得到税务专员的肥缺,任职直至去世。原注说:"这年月,这种官位常常是这种作家的犒赏。"

　　　　"食料为羊皮碎纸，雅号乃虫豸乌斯。

　　　　"愿尊驾之呆痴不朽，垂于千秋万世，

190　　"正如尊驾殚精竭虑，保藏往古呆痴！①

　　　　"再看那一帮刻苦的注家，云中隐现，

　　　　"全都是鸱鸮才子，眼睛只适应黑暗，②

　　　　"每一个的脑袋，都装了一屋子图书，

　　　　"永远在阅读他人，永远不被人阅读！

195　　"再来看各种学问，展示其现代噱头，

　　　　"看历史举起啤酒杯，神学举起烟斗，③

　　　　"骄傲哲学穿着绽裂马裤，裤裆沾染

　　　　"自产的褐斑，愤愤不平地想要表演

　　　　"不雅奇观！恰在此时，看哪！亨莱驾到，

200　　"一边腾挪他的双手，一边调整音调。

　　　　"他的废话何等流利，顺嘴汩汩流淌！

---

① 以上六行并未指名道姓，但从原注可以看出，这六行说的是英国古典学者托马斯·赫恩（Thomas Hearne，1678—1735）。赫恩与蒲柏并无个人恩怨（原注也如此声明），但蒲柏认为赫恩做的是迂腐学问，视之为书呆子。赫恩致力于研究中世纪文献，所以蒲柏在这六行诗里混杂了不少中世纪英语词汇。"虫豸乌斯"原文为"Wormius"，原本是丹麦博物学家及古典学者奥劳斯·沃米乌斯（Olaus Wormius，1588—1654）的姓氏，用在这里是讽刺赫恩成天钻故纸堆，有如"worm"（虫豸）。

② 据原注所说，评注家最喜欢深奥难懂的"黑暗著作"，正如江湖郎中，最喜欢疑难杂症。

③ "啤酒杯"原文为"pot"。在《呆厮国志》1728年版当中，此处的描写较为详细，把当代的历史形容为一个就着啤酒瞎聊的女人，当代的神学形容为一个手拿骰盅和烟斗的闲汉。

"语句何等华美，人所未言，人所未唱！①
"亨莱啊，你唱的花腔，依然征服信众！
"歇洛克、黑尔、吉布森②，却都徒劳无功。
205 "噢，美好的古老戏台，伟大的复兴者，
"你是时代的导师，也是时代的丑角！
"噢，你完全适合，去埃及的睿智居室，
"在崇奉猴神之地，做一名高贵祭司！③
"但命运把你的道场，设在屠户中央，
210 "由得你砍削虐杀，柔懦的现代信仰；④
"安排你为不列颠的荣光，增彩添色，
"盖过同时的沃斯顿、廷达尔、托兰德。⑤
"可是，唉，孩子们哪！侧耳听老夫一言

---

① 亨莱（参见前文注释）有"雄辩家"之称，并以"古典辩术复兴者"自许，宣讲时手势夸张，语调特异。原注罗列了亨莱的许多过恶，比如收费讲道、蔑视传统、献媚权贵、毁谤他人（受害者包括蒲柏），充当政府写手及线人，如此等等。

② "歇洛克、黑尔、吉布森"分别指托马斯·歇洛克（曾任索尔兹伯里主教和伦敦主教，参见前文注释）、奇切斯特主教弗朗西斯·黑尔（Francis Hare，1671—1740）和伦敦主教埃德蒙·吉布森（Edmund Gibson，1669—1748）。这三个人都是沃波尔的支持者。

③ 尤维纳利斯（参见前文注释）《讽刺诗集》第十五首写到了"疯癫埃及崇拜的种种怪物"，其中包括"一尊长尾猿猴的闪亮金像"。

④ 1726年，亨莱在纽波特市场（Newport Market）开设了他的第一个"讲坛"。该市场是当时伦敦的主要肉市之一。

⑤ 廷达尔和托兰德见前文注释，沃斯顿（Thomas Woolston，1668—1733）为英国神学家，因"亵渎神圣"而于1729年被定罪判刑。这三个人都持有非正统的宗教观点。

　　　　　　"（命运也许会因此，使你们耳朵保全）：
215　　"你们的天职是诋毁洛克，诋毁培根，①
　　　　"诋毁弥尔顿的灵感，和牛顿的天禀；
　　　　"但是，噢！别去攻击，永生的唯一尊神，
　　　　"尽管牛顿培根，由祂得光线和理性。②
　　　　"你们该当满足，因为圣火照耀世界，
220　　"闪出的每缕光，祂启迪的每种美德，
　　　　"每种艺文，祂所能创造的每种美妙，
　　　　"祂给的一切，都可供你们仇恨撕咬。
　　　　"挺住，别畏惧凡人身上，任何的神性，
　　　　"但要记住，呆厮们！别藐视你们的神。"
225　　瑟透这番忠告，皆因一丝理性光影，
　　　　不期而至，半透进他黑沉沉的魂灵，
　　　　但乌云即刻回归，于是他继续讲述：
　　　　"再来看女神和她的子裔，所爱何物！
　　　　"何等魔法，能彻底征服未凿的心胸，
230　　"哪怕自然和艺文，都不曾将它打动。"
　　　　这话使永不脸红的贝斯，欢喜无限

---

① 洛克（John Locke，1632—1704）为英国大哲，公认的"自由主义之父"。此处的培根不是前文曾提及的罗杰·培根，而是英国大哲弗朗西斯·培根（Francis Bacon，1561—1626）。

② 牛顿对光学的发展作出了重要贡献，培根大力倡导经验理性。这几行的意思是，毁谤凡人不要紧，但不能直接诋毁上帝，以免遭受割耳之刑。

（古德曼预言的功用①，不及此言一半），
转头便见一名黑色巫师，冉冉升起，②
一挥手便放出，一大群展翅的物事：③
235　转眼间，恶龙瞪眼，戈耳工④嗞嗞吐信，
十角妖魔与巨人，缠斗得难解难分。
地狱升起，天堂下落，人间欢舞不止：⑤
神灵、妖精和怪兽，音乐、激情和乐子，
一堆火，一番笑闹，一场仗，一个舞会，
240　一直到一片火海，将一切变作飞灰。
于是便有个崭新的世界，亮丽登场，
自然法则认它不得，它有独特穹苍：
穹苍里有独特月亮，轨辙不同以往，

---

①　据希伯（贝斯）自传《科利·希伯先生生平自辩》(*An Apology for the Life of Mr. Colley Cibber*, 1740）所说，英国著名戏剧演员卡德尔·古德曼（Cardell Goodman, 1649?—1699）曾拍着希伯的肩膀，预言他必将成为一名优秀演员，以致他欢喜得"几乎无法呼吸，眼里涌出泪水"。

②　这一行和此下十五行是抨击当时英国流行的潘托剧（pantomime），这种戏剧混合了舞蹈、闹剧和哑剧，伴以各种夸张的舞台特效，原本是不登大雅之堂的市井娱乐。据原注所说，潘托剧当时不仅受到一些上流剧院的竞相追捧，还得到了许多上流人士的青睐。蒲柏对这种现象深恶痛绝，认为这是庸俗文化对高雅传统戏剧的侵袭。

③　这是西奥博德（参见前文注释）潘托剧《巫师哈勒昆》(*A Dramatic Entertainment, Call'd Harlequin a Sorcerer*, 1725）当中的一个场景。

④　戈耳工（Gorgon）是古希腊神话中的蛇发女怪。

⑤　据原注所说，这是西奥博德潘托剧《劫夺普洛塞庇娜》(*The Rape of Proserpine*, 1727）当中的场景。

还有些独特行星，环绕着独特太阳；
245　森林会翩翩起舞，河川也倒流向上，
　　　鲸鱼在林间嬉戏，海豚在天空飞翔；
　　　最后还有件宝贝，为整套造物增光，
　　　看哪！一只巨型鸡蛋，吐出人脸一张。①
　　　无思无虑的喜悦，充溢贝斯的心间，
250　他高叫："何等力量，造就了如此奇观？"
　　　"孩子啊，你要的答案，在你自己心里！
　　　"你会在那里，找到所有怪物的模子。
　　　"但你可愿，观览更多？看那边的云朵，
　　　"薄绸团成，金红镶边，云中坐着一个，
255　"盖世青年！他在挥手之间，主宰乾坤，
　　　"发射赤色的闪电，施放滚滚的雷霆。②
　　　"他正是呆厮女神，特意差来的天使，
　　　"要将女神的魔法，传遍现代的土地。③
　　　"那边的星星太阳，全由他任意升降，

---

① 据原注所说，当时的一部潘托剧里有主角从一只巨蛋里孵出来的场景。

② 原注引用了维吉尔《埃涅阿斯纪》第六卷叙述萨摩纽斯（Salmoneus）悲剧的诗句，暗示这个青年结局堪虞。萨摩纽斯是古希腊神话中的国王，他骄横自大，通过把火炬扔上天、驾马车冲过铜铸桥梁的方法来模拟专属宙斯的闪电和雷霆，最终被宙斯用真正的闪电打死。由原注可知，这几行里的云朵、闪电、雷霆都是舞台特效。

③ "现代的土地"原文为"unclassic ground"。原注说这一行指涉艾迪森（参见前文注释）诗作《意大利来书》（*A Letter from Italy*，1704）当中赞美意大利的诗句："诗意的原野，从四面把我包围，/我仿佛依然置身，古典的土地（classic ground）。"

260 "光芒都由他赋予,火焰也由他点亮。
"不朽的里奇!① 他泰然端坐,何其优悠,
"无视暴雪般的废纸,冰雹般的豌豆;②
"满心自豪地执行,女神颁下的命令,
"以旋风为坐骑,将风暴的方向指引。③
265 "但是你看!新的一批巫师,升入半空,
"参与黑暗会战;我的希伯也在其中!④
"布斯在他云遮的会幕里,接受祀奉,⑤
"而你将跨上狞笑的巨龙,御气乘风。
"这争斗你死我活,金鼓声恐怖凄惨,
270 "杜里巷这边发喊,那边是林肯学院;
"竞争的剧院,共铸我们的帝国大业,

---

① 里奇(John Rich, 1692—1761)为英国剧院经理、舞台监督及演员,不惜工本追求舞台特效,号称"英国潘托剧之父"。里奇二十二岁就成为大剧院经理,所以上文有"盖世青年"之说。

② 废纸和豌豆都是当时心怀不满的剧场观众常用的投掷武器。

③ 参照原注所说,以上两行是戏仿艾迪森诗歌《战役》(*The Campaign*, 1705)当中的诗句:"满心欢喜地执行,上帝颁下的命令,/以旋风为坐骑,将风暴的方向指引。"

④ 希伯经营的杜里巷皇家剧院(Theatre Royal Drury Lane)和里奇经营的林肯学院广场剧院(Lincoln's Inn Fields Theater)互为竞争对手,争相以潘托剧招徕顾客。据《科利·希伯先生生平自辩》所说,希伯并不赞成潘托剧,认为它荒唐怪诞,而且成本高昂,但迫于市场压力,不得不"昧着良心"制作此类戏剧。

⑤ 布斯(Barton Booth, 1682—1733)为英国著名戏剧演员,与希伯一同经营杜里巷皇家剧院。这一行指涉《旧约·出埃及记》的语句:"(摩西建成礼拜耶和华的会幕之时)云遮会幕,耶和华的荣光充满其中。"

"它们的劳绩相同，礼赞也如出一辙。
"孩子啊，这些奇观，莫非你见所未见？
"见所未见！这些都是，你自己的贡献。
275 "命运备下这盛况，为你的圣朝增光，
"我虽有分预见，唉！却无分同享辉煌。
"尽管我在卢德古墙之内，长年统治，
"声名远播鲍巷巨钟，轰鸣所及之地；①
"尽管本城一众长老，给我戴上桂冠，
280 "嘱托我歌咏，称颂他们的不朽诗篇，
"歌咏他们的饱足英雄，和安闲市长，
"他们的年度大典，他们的月度疆场；②
"尽管我的党派，长年对我寄予厚望，
"期待我炮制传单，期待我火烤教皇；③
285 "可是你瞧！我哪有作家自夸的资本！

---

① 瑟透是伦敦故城最后一位"市立诗人"（参见前文注释）。"鲍巷巨钟"指伦敦鲍巷圣母教堂（St Mary-le-Bow）的著名大钟，按照传统说法，伦敦故城的范围限于该教堂钟声所及之地。上一行"卢德古墙之内"（参见前文注释）也是指伦敦故城的范围。

② 据原注所说，"年度大典"和"月度疆场"分别指故城一年一次的"市长巡游"和一月一次的民兵操演。

③ 瑟透所说"我的党派"是辉格党，他曾受该党雇佣，匿名撰写攻击天主教和教皇的小册子（蒲柏一家都是天主教徒）。但据原注所说，瑟透是个见风使舵的小人，既写过支持辉格党的文字，又写过支持托利党的文字，曾组织烧毁教皇像的活动，也曾参加英王詹姆斯二世（James II，1633—1701）的军队，后者是信奉天主教的君主。

95

"到最后沦落到自套龙头,咝咝作声。①

"老天保佑!你,我的希伯,可不要落得,

"摇着长尾,在史密斯菲市集②扮毒蛇!

"穷乏的诗人,遇见什么都得往上贴,

290 "好比卑贱的麦秸,随着风跑遍大街,

"上马车或板车③,被人踩,黏牢或脱开,

"结局是附在狗尾上,流落不知所在。

"你的命比较好!与乱滚的石头相近,

"你乐颠颠的呆傻,依然会跌撞前行;

295 "靠沉重保障安全,绝不会脱离轨道,

"还会将路遇呆瓜,一个个卷入怀抱。

"爱国者④会赏识你,朝臣也为你开颜,

"你的呆痴与日俱增,一年胜过一年,

"直至你从卖艺摊档,跻身剧院宫闱,

300 "直至呆厮女神,把你送上帝国王位。

"歌剧已经为你,铺设好前行的路径,

"她是女神那温柔攻势,可靠的先锋。

"让她占据你的心,成为你老迈之时,

---

① 原注说瑟透晚年潦倒,不得不套上自制的戏装扮演恶龙,在巴塞洛缪大集期间摆摊挣钱。

② "史密斯菲市集"即巴塞洛缪大集(参见前文注释)。

③ 在蒲柏的时代,板车是拉娼妓去游街示众和拉死囚去刑场的工具。

④ "爱国者"即"爱国辉格党"(Patriot Whigs),是从辉格党分离出去的一个小党派,激烈反对以沃波尔为首的政府。

"第三狂热的痴迷,仅次于婊子骰子。

305 "你要教啭鸣的波吕菲米,学会咆哮,①

"你自己也要发出,前无古人的尖叫!

"纵然你无法为大业,拉来天堂助阵,

"总得拉来地狱,须知浮士德是友军,

"普路同和加图,会为大业敌忾同仇,

310 "悼亡新娘和普洛塞庇娜,也会携手。②

"格拉布街啊!就算你毁于人神共愤,

"你的舞台仍将屹立,投了火险就行。③

---

① 波吕菲米(Polypheme)即古希腊神话中的食人独眼巨人波吕斐摩斯(Polyphemus)。古希腊神话英雄俄底修斯曾被波吕菲米抓住,后设法灌醉波吕菲米,戳瞎了波吕菲米的独眼。此前他告诉波吕菲米,他的名字叫"没有人",所以受伤的波吕菲米呼叫同伴时,同伴听说"没有人"伤害他,就没有来帮忙。原注说希伯把讲述这个故事的意大利歌剧《波吕菲莫》(Polifemo)译成英文,结果把"我名叫'没有人'"译成了"我没有名字",使读者无法理解故事情节。"啭鸣的波吕菲米"之说,可能是因为蒲柏认为,让粗野的巨人使用歌剧的华丽唱腔,未免荒唐可笑。诗中让贝斯(希伯)去教巨人咆哮,是讽刺希伯的嗓音缺陷。希伯天生一副尖嗓子,演丑角得心应手,但据他自行所说,"嗓音的缺陷"使他无法出演英雄主角。

② 浮士德(Johann Georg Faust, 1466?—1541?)为德国术士及占星家,死后成为传奇人物,出现在了当时英国的许多潘托剧当中。普路同(Pluto)是古希腊神话中的冥王,普洛塞庇娜(Proserpine)是古罗马神话中的冥后,两者都是潘托剧里常见的角色。"加图"和"悼亡新娘"分别指艾迪森的名剧《加图》(Cato)和康格里夫的名剧《悼亡新娘》(Mourning Bride),原注认为二者都是"顶尖的悲剧"。当时的剧院(比如希伯的杜里巷剧院)常常在正剧之后接演闹剧,照原注说是"使观众消化不良"。

③ 当时的剧场靠蜡烛照明,存在严重的火灾隐患。原注说当时的一些闹剧为求耸动观众,不光把焚烧麦田或谷仓的场景搬上舞台,并且竞相在台上展示地狱火焰。这样的举动,无疑增大了失火的风险。

"又来一个埃斯库罗斯!你们准备好,

"身怀六甲的妇人啊,小心胎儿不保!①

315 "小心床上升起,吞噬塞墨勒的烈焰,②

"小心洞开地狱喷吐猛火,兜头扑面。

"听着,巴乌斯,赶紧取下你额上烟膏,③

"送到这里来!众英豪都来这里拜倒!

"他,往古诗行所预言的他,已经到来,

320 "他好比奥古斯都,来开创萨吞时代。④

"一个又一个征兆,迎来这辉煌之年!

"看哪!暗昧群星完成轮回,重新出现。

---

① 据原注所说,古希腊剧作家埃斯库罗斯(Aeschylus,前525/524—前456/455)在舞台上呈现的复仇女神形象十分可怖,使观众惊惧莫名,以至于儿童昏厥,孕妇流产。埃斯库罗斯以追求舞台特效闻名,原注的说法见于古代佚名作者的《埃斯库罗斯生平》(*Life of Aeschylus*)。

② 据奥维德《变形记》第三卷所载,朱庇特勾搭他的女祭司塞墨勒(Semele),使得天后朱诺十分愤怒。朱诺乔装劝说塞墨勒,应该要求情夫在床上展示全部的威光,以便证明他真的是朱庇特。上当的塞墨勒依言行事,结果被朱庇特的雷电当场烧死。

③ 本卷前文说"夏德维尔领首致意,额上沾着烟膏",由此可见,诗中的巴乌斯和夏德维尔(参见前文注释)可能是同一个角色。

④ 原注引用了维吉尔《埃涅阿斯纪》第六卷的诗句:"这就是那个人,这就是他!/关于他的预言,你时常听人说起。/他就是神明之子,奥古斯都·恺撒,/他将使黄金时代,重临萨吞曾经统治的土地。"这些诗句是安喀塞斯向埃涅阿斯揭示罗马的未来,讲到了罗马帝国的缔造者奥古斯都(Caesar Augustus,前63—14),亦即屋大维。这里是说贝斯(希伯)之于呆斯帝国,犹如屋大维之于罗马帝国。"萨吞时代"本来与"黄金时代"同义(参见前文注释),但原注指出,这里的"萨吞时代"并非黄金时代,而是如本书第一卷所说,是一个"铅做的"时代。

"看,看,我们的真正福波斯,戴了桂冠!

"我们的米达斯,当上了戏剧大法官!①

325 "看,本森的美名,借诗人的坟墓书写!②

"瞧!安布罗斯·菲利普斯,靠才华晋爵!③

"看,一座新的白厅,因里普利而崛起,

"琼斯和博伊尔的手笔,却坍塌倾圮;④

"瑞恩黯然没入黄土,空怀满腔悲愤,⑤

---

① 米达斯(Midas)是古希腊神话中懂得点金术的国王,他曾列席山林之神潘和文艺之神阿波罗的音乐比赛,听了之后不辨好歹,硬要说潘胜过阿波罗,结果被阿波罗惩罚,耳朵变成驴耳形状。当时英国的大法官(Lord Chancellor)有禁演戏剧的权力,希伯作为剧院经理,也有权决定戏剧能否在自家剧院上演。

② 这一行及以下七行说的是当时的种种悖理怪状。本森(William Benson,1682—1754)为辉格党政客及业余建筑师,于1718年谋得皇家工程总监之职,后误将上议院宣布为危房,由此被革职。1737年,他命人在西敏寺建造弥尔顿纪念碑,并为此事铸造纪念章。蒲柏认为他这是利用已故诗人来自抬身价。

③ 安布罗斯·菲利普斯(参见前文注释)先后从政府获得了一系列官职,但蒲柏认为这不是因为他的才干,只是因为他替执政的辉格党攻讦异己。原注说菲利普斯曾在蒲柏和艾迪森之间挑拨是非,还曾诬蔑蒲柏是党派报刊的写手。

④ "白厅"(White-hall)代指英国政府建筑。里普利(Thomas Ripley,1682—1758)为木匠出身的英国建筑师,作品包括沃波尔的宅邸,以及海关大楼和海军部等政府建筑,蒲柏认为他品味低俗。琼斯(Inigo Jones,1573—1652)为英国著名建筑师,作品包括白厅宫(Palace of Whitehall,1530至1698年间为英国王宫)的宴会楼,以及柯汶特花园(Covent Garden)的广场和教堂。博伊尔(Boyle)即蒲柏的友人、英国建筑师伯灵顿伯爵(Richard Boyle, 3rd Earl of Burlington, 1694—1753),他将意大利建筑大师帕拉迪奥(Andrea Palladio, 1508—1580)的风格引入了英国,并曾负责修复琼斯设计的柯汶特花园建筑。据原注所说,蒲柏写作此诗之时,白厅宫宴会楼等琼斯作品都已经多年失修,面临化为废墟的危险。

⑤ 瑞恩(Sir Christopher Wren, 1632—1723)是英国历史上最受推崇的建筑师之一,曾于1666年伦敦大火后奉命建造包括圣保罗大教堂在内的五十二座教堂。他担任皇家工程总监将近五十年,于1718年被上文中的本森设法顶替。

330　"盖伊有朋友千百,却到死不得年金。[①]

"斯威夫特啊!注定搞希伯尼亚政治;[②]

"蒲柏的命运,是十年的评注和翻译。[③]

"挺进吧,大时代!直至学问逃去无踪,[④]

"直至桦木杖[⑤],不再被高贵鲜血染红,

335　"直至伊顿学子,在泰晤士终日玩耍,

"直至西敏公学,一年到头不停放假,[⑥]

[①] 由于种种原因,蒲柏的友人约翰·盖伊(参见前文注释)没有获得宫廷赞助(年金),虽然盖伊的朋友包括乔治二世的情妇萨福克伯爵夫人(Henrietta Howard, Countess of Suffolk, 1689—1767)。盖伊写有寓言《朋友众多的野兔》(*Hare and Many Friends*),大致情节是野兔有很多朋友,但当野兔遭遇危险时,朋友们却相互推诿,谁也不肯帮忙。原注对盖伊推崇备至,说他写出了许多优秀作品,还创作了大获成功的民谣剧《乞丐歌剧》(*The Beggar's Opera*,1728),凭一己之力暂时压住了意大利歌剧的风头。

[②] 希伯尼亚(Hibernia)是爱尔兰的古称。斯威夫特不受朝廷赏识,因此得不到英格兰的神职,只好遁居爱尔兰,去过事实上的流放生活。1727年,斯威夫特最后一次造访英格兰,逗留期间与蒲柏同住。

[③] 蒲柏借由翻译荷马史诗获得了财务独立,但翻译过程辛苦劳累,还使他无暇从事长篇创作。原注说他耗费了六年时间(1713—1719)来翻译《伊利亚特》,之后用了将近两年来整理莎翁著作,此后又开始翻译《奥德赛》,直至1725年(只译了半部,其余半部由他人完成)。

[④] 这一行及以下五行是说呆斯女神将继续扩张势力,使得英国的顶尖教育机构纷纷堕落。原注说,读者可能会怀疑,诗中提及的一众呆斯仅仅是呆斯女神的"虚弱爪牙",并不能造成如此翻天覆地的变化,但读者们应该记得,荷兰曾有大片国土被淹,祸端也不过是一只水鼠在海堤上掏了个小洞而已。

[⑤] 桦木杖是当时体罚学生的教具。

[⑥] 伊顿公学和西敏公学都是英国的顶尖公学,伊顿在泰晤士河边。

"直至艾西斯长老①昏醉,任学生浪荡,
"慈祥母亲也瘫软如泥,港湾里安躺!"②
够了!够了!这狂喜的君王③,欢声叫喊,
340　于是这幅幻景,从象牙门消失不见。④

---

① "艾西斯长老"指牛津大学的教员。泰晤士流经牛津的河段名为艾西斯河（River Isis）。

② "慈祥母亲"（*Alma mater*）指剑桥大学,当时的剑桥大学出版物扉页印有拉丁语句 "*Alma mater Cantabrigia*"（剑桥是我们的慈祥母亲）。"港湾"原文为"port",兼有"波尔图葡萄酒"之义,因此这一行也可译为:"慈祥母亲也烂醉如泥,美酒中安躺。"

③ 即呆斯之王贝斯（希伯）。

④ 原注引用了维吉尔《埃涅阿斯纪》第六卷的诗句:"梦乡有两道门,其中一道据说是角质,/真实的前景,从此门任意来去,/另一道门,则由抛光象牙制成,/幽魂借由此门,向阳间传送虚假梦境。"此处的原注写在本书第四卷面世之前,因此以"象牙门"为据,说贝斯看见的景象都是虚幻,不可能成为现实。

第四卷

概述

　　本卷将会宣告，前卷篇末的预言皆成现实。有鉴于此，诗人在卷首呼召新的助力，因为那些更为伟大的诗人，咏唱宏大崇高主题之时，往往也采取同样的手法。诗人继而叙写，呆厮女神挟王者威仪降临，意在将秩序与学问尽行摧毁，将大地变成呆厮王国：她如何将学问变作俘囚，使缪斯无法开口，又以何等物事，替代学问和缪斯。所有的女神子裔，受奇妙引力感召，纷纷来到女神身侧。与他们同来的各色人物，或是姑息养奸，或是反抗不力，或是压制艺文，总之都在为女神的帝业推波助澜，其中包括低能智障、瞎眼拥趸、弩远庸才，以及呆厮的帮闲或恩主。一干人等簇拥在女神周围，其中之一正要向女神献礼，却被一名争宠者赶开，但女神不偏不倚，予二人褒扬鼓励。率先进言的是各所公学的守护精灵，他向女神保证，一定会悉心推进女神大业，使学子困于寻章摘句，无法求得真知。女神亲切回应他的表白，就势道出她对公学和大学的嘱托。各所大学的称职代表随即出场，信誓旦旦地告诉女神，高等教育的发展，遵循的也是同样的道路。

正当阿瑞斯塔克斯[①]就此发表高论,一班游学归来的年轻绅士随各自导师来到现场,赶走了前述人等。其中一位导师呈上一篇彬彬有礼的演讲,详尽叙说他们的旅途经历和成果,并且向女神隆重引见,一位修业圆满的贵族青年。女神对这位青年礼敬有加,赐予他不知羞耻的快活禀赋。接下来,女神看见周围有一群游游荡荡的无赖,置一切事业义务于不顾,眼看着就要懒惰至死;古董行家安纽斯[②]随即出场,一边走向这些无赖,一边恳请女神把他们变成鉴赏家,交给他来处置。另一位古董行家麻缪斯[③]却忿忿不平,声称安纽斯藏奸使诈,于是女神想出一个办法,化解了二人分歧。这之后,一队装束古怪的人物登场亮相,向女神献上他乡异国的奇特礼物。其中之一上前陈词,希望女神还他公道,因为他有一样自然界顶顶珍奇的物事,但却被另一人生生毁去。他的控诉对象做出了无比有力的自辩,以致女神一视同仁,予二人褒奖赞扬。女神建议他俩给前述的一众无赖安排相宜的工作,比如说研究蝴蝶、贝壳、鸟窝、苔藓,如此等等,还特意提醒他俩,

---

[①] 里卡都斯·阿瑞斯塔克斯(Ricardus Aristarchus)是蒲柏给英国古典学者及批评家理查德·本特利(Richard Bentley,1662—1742)起的诨名,源自以严谨闻名的古希腊文法家、文本考据家、荷马史诗权威学者阿瑞斯塔克斯(Aristarchus of Samothrace,前220?—前143?)。本特利(他是第二卷当中那个本特利的叔叔)注重文本考据,后世学者尊之为历史语文学的奠基人,蒲柏等同时代文人却视之为钻牛角尖的学究。

[②] 安纽斯(Annius of Viterbo,1432?—1502)为意大利修士及学者,以伪造古文献闻名。蒲柏所说的安纽斯另有所指,见后文。

[③] 麻缪斯(Lucius Mummius)是公元前二世纪的罗马政客及将领,以屠戮焚掠希腊古城科林斯(Corinth)闻名。蒲柏所说的麻缪斯另有所指,见后文。

绝不能让工作脱离皮毛琐屑的范围，以免这些人对自然，或者是缔造自然的大匠，产生博大有益的认识。针对女神的最后一层顾虑，各位牛角尖哲学家和宗教自由派给出了热情洋溢的担保，其中之一代表众人发言，称女神尽可高枕无忧。萨利纳斯[①]随即出场，把领受前述教诲的一众青年交给女神，让他们品尝一位巫师的美酒。这位巫师是女神的大祭司，他的美酒可使人彻底忘却一切义务，无论义务源自宗教或世俗，道德或理性。女神给这些受洗者配备各式各样的祭司、跟班和侍应，赐予他们头衔和学位，对他们发表临别叮咛，确认他们每个人的特权，讲清他们每个人的使命，并以一个非同凡响的哈欠作结。这哈欠流布天下，泽及芸芸众生，随着黑夜与混沌卷土重来，万事万物归于完满，本书诗行也归于完结。

> 且饶，且饶一刻，且饶一缕幽光不灭，[②]
> 可畏的混沌之王啊，还有永恒黑夜！
> 我只求你们暂借，依稀可辨的黑暗，[③]
> 好将深远用意，一半显露一半隐瞒。

---

① 萨利纳斯（Silenus）是古希腊神话中酒神狄俄尼索斯的随从，蒲柏用他来象征享乐主义，详见后文及相关注释。

② 这一行及以下七行是诗人对混沌王和永恒黑夜（呆厮女神的父母）的呼召。据原注所说，本卷的分量重于前三卷，堪称"大呆厮国志"（Greater Dunciad），原因却不是本卷的篇幅（尽管这一卷比之前的三卷长得多），而是本卷的主题。

③ 弥尔顿《失乐园》第一卷如是形容地狱景象："阴惨惨一座地牢，四围烈火熊熊，/ 如同一个巨大的熔炉，/ 炉火投射的却不是光，只是依稀可辨的黑暗。"

5　尊神啊！我唱的是你们，复兴的奥义，
　　时光以迅捷羽翼，载我向你们奔去，
　　请你们暂不施放，怠惰的强大力量①，
　　稍后才一股脑收走，我和我的诗行。②
　　此时天狼高照，放射火一般的凶焰，
10　使所有头脑毁伤，使所有月桂凋残；③
　　太阳苍白失色，鸱鹗舍弃林间巢窠，
　　被月亮蛊惑的先知，预见疯狂时刻。④
　　于是混沌和黑夜的苗裔，趁势降临，
　　来抹除世间秩序，来扑灭世间光明，
15　来打造一个，暗昧腐化的崭新世界，
　　来书写一段，铅铸金装的萨吞岁月。⑤
　　她登上宝座，借一朵乌云遮掩头颅，

---

①　参照原注所说，"怠惰的强大力量"是指事物的惰性（Vis inertiae），亦即事物抵抗改变和外力作用的固有性质（用例如"惰性气体""惰性元素"）。

②　这行诗隐含的意思是，呆斯帝国一旦主宰世界，诗人和诗歌便不再有流传后世的机会。另有西方注家认为，蒲柏借这行诗透露了他自己的死亡预感（《呆斯国志》最终版刊行之后不到一年，蒲柏便与世长辞）。

③　西方古人一般认为天狼星是红色的，并且认为天狼星会造成天气酷热、植物枯干、人畜疾疫等恶果。

④　西方古人认为月亮有使人发疯的作用。原注说"太阳苍白失色"是指日食，太阳失色，意味着理智之光归于熄灭，月亮得势，意味着世界走向疯狂。

⑤　参照原注所说，以上四行的意思是，呆斯女神身为混沌和黑夜的女儿，自然是秩序和光明的死敌；没有了光明（才智、学问和艺文）和秩序（包括道德准则），世界便暗昧（铅铸）腐化（金装）。"萨吞岁月"见前文关于"萨吞时代"的注释。

　　　　头颅以下的部位，明晃晃彻底暴露①

　　　　（雄心勃勃的女神，总这么光彩照人），

20　她的桂冠爱子，在她膝头睡得安稳。

　　　　她的脚凳之下，学问在缧绁中呻吟，

　　　　才智则惊恐面对，放逐、罚金和苦刑。②

　　　　叛逆逻辑怒不可遏，嘴被堵身被绑，

　　　　美丽修辞瘫倒在地，衣服已被扒光；

25　诡辩术手里拿着，逻辑的去刃武器，

　　　　不知羞的脏话婶③，穿着修辞的袍子。

　　　　两个假充的监护，将道德拖来曳去，

　　　　枉法身穿貂皮，决疑论身穿细麻衣，④

　　　　他俩一勒紧绳索，道德便艰难喘息，

---

① 原注说这一行指涉西方俗谚："爬得越高，屁股露得越多。"

② 据原注所说，呆斯女神认为才智是比学问更危险的敌人，因此用各种刑罚来对付才智，对学问则只是捆绑了事，有时还招纳一些类似学问的爪牙，比如下文中的诡辩术和决疑论。

③ "脏话婶"原文为"Billingsgate"，见前文注释。

④ 据原注所说，道德（Morality）是正义女神阿斯特莱亚（Astraea）的女儿。远古的黄金时代和白银时代，神和人共居大地。到了青铜时代和黑铁时代，众神眼见人类日益堕落，便离开大地返回天庭。阿斯特莱亚最后一个离去，把女儿道德留在人间，落到了枉法（Chicanery）和决疑论（Casuistry）手里。枉法是堕落的司法，装束类似法官（当时英国法官的公服饰有貂皮），决疑论（大致相当于伦理领域的诡辩术）是堕落的宗教，装束类似主教（细麻衣）。

30　女神叫佩吉动手,道德便引颈受死。①

唯有那疯癫数学,不曾遭拘禁羁绊,

因为他疯癫太甚,不畏惧有形锁链,

一忽儿心醉神迷,抬眼望纯净空间②,

一忽儿绕圆奔跑,想把它的方找见。③

35　倒地的众位缪斯,却身遭十重捆缚,

嫉妒和奉承充任,看管她们的狱卒。④

悲剧往往将匕首,扎进暴君的胸膛,

如今却痛不欲生,要刺自己的心脏,

幸好有清醒的历史,劝她暂且住手,

40　说这个野蛮时代,终不免报应临头。

泽利亚⑤僵硬冰冷,无精打采往下栽。

---

①　据原注所说,英国法官佩吉(Francis Page,1661—1741)生性残忍,任职期间绞死了一百名犯人,到老迈之年仍不停手。原注补充说,这行诗说的也可能是土耳其,该国有让哑子(把刽子手弄成哑子,为的是不让他们揭发主子)或听差("page"一词有"听差"之义)绞死要犯的惯例。原注还说,就连土耳其的做法也比"我们的佩吉"文明,因为佩吉不光绞死犯人,还会对犯人恶语相加。

②　"纯净空间"即自然界并不存在的"绝对真空"。

③　这一行说的是古希腊数学家提出的"化圆为方"难题,亦即仅靠直尺圆规、用有限步骤作出一个与给定圆形面积相等的正方形。1882年,德国数学家林德曼(Ferdinand von Lindemann,1852—1939)最终证明此题无解。

④　参照原注所说,这两行指涉的时事是沃波尔政府于1737年颁布《许可法》(*Licensing Act*),规定戏剧公演必须得到宫务大臣许可,借此钳制对政府的批评。

⑤　泽利亚(Thalia)是古希腊神话中九位缪斯女神之一,司掌喜剧。

多亏有她姊妹讽刺，帮她撑住脑袋。①
你呀，切斯特菲尔德！② 无法忍住泪水，
你不禁哀声啜泣，众缪斯与你同悲。
45　正在这时，看哪！一名荡妇款款飘过，③
只见她小碎步，细嗓子④，娇滴滴眼波，
一身异国情调，拼贴衣袍招招展展，
显露碍眼自豪，脑袋微微侧向一边，
身子由一群唱曲的贵族，两边扶持，
50　笑吟吟一步三摇，娇美得无法站立。
她向九位倒地缪斯，投去一个白眼，
然后操起古怪的宣叙调⑤，如是开言：

---

① 以上六行说的是悲剧缪斯、历史缪斯、喜剧缪斯和讽刺缪斯的遭遇。据原注所说，悲剧的职责是记载大人物的罪与罚，喜剧的职责是揭露普通人的恶与愚，两者都遭到呆痴女神的禁锢。历史和讽刺之所以得到一定程度的容忍，以至于能够照顾她们的姊妹，是因为历史与呆痴女神之间存在复杂的恩怨，讽刺则无法征服，永远不会噤声。原注关于讽刺的说法，可以看作对蒲柏的赞扬，因为蒲柏不畏权势，坚持以讽刺手法抨击沃波尔政府。

② "切斯特菲尔德"即英国政客、第四世切斯特菲尔德伯爵菲利普·斯坦霍普（Philip Stanhope, 4th Earl of Chesterfield, 1694—1773）。斯坦霍普虽是辉格党人，但却反对沃波尔的政策。据原注所说，1737年，他在上议院发表了一篇抵制《许可法》的精彩演讲。

③ 原注说这里的"荡妇"是意大利歌剧的化身，并且说歌剧矫揉造作，唱腔阴柔，不过是各种流行唱段的生硬拼凑，但却得到了上流社会的赞助。

④ "小碎步"指歌剧的台步，"细嗓子"指唱歌剧女主角的女高音和唱男主角的阉人歌手。

⑤ 宣叙调（recitativo）是一种接近朗诵的唱腔，歌剧用它来取代念白。当时的许多英国批评家认为，这也是歌剧矫揉造作的一个表现。

"噢，亲爱的！亲爱的！① 快让这帮人肃静。

"愿伟大混沌开怀！愿花腔②风骚独领；

55 "半音阶的酷刑，很快就会撵走他们，

"摧垮他们的神经，扯碎他们的理性；

"一个颤音③，便统合欢喜、愤怒与悲哀，

"唤醒昏沉的教会，催眠闹嚷的戏台；④

"你儿子们会随雷同曲调，哼唱打鼾，

60 "女儿们会边打哈欠边喊，'再来一遍。'

"一个专属于你的福波斯⑤，即位临朝，

"在我枷锁中欢喜，在我铁链中舞蹈。

"但若是音乐耍无赖，去找理性求援，

"那我们很快，唉，很快，就会遭遇叛乱。

---

① "亲爱的"原文为意大利文"*cara*"。人格化的歌剧以意大利语称呼呆厮女神，显得既亲昵又做作。

② "花腔"原文为"division"，指"减值变奏/装饰音"，同时兼有"分歧"之义。原注说歌剧大量使用各种音乐装饰元素，全不管和谐与否。

③ 半音阶（chromatic）和颤音（trill）也是歌剧常用的元素，蒲柏视之为矫揉造作的娘娘腔特征。

④ 以上两行是指斥歌剧手法单一，音乐不配衬心绪和剧情。

⑤ 据原注所说，这里的"福波斯"（Phoebus）不是阿波罗，而是一个法国血统的现代福波斯。这个福波斯娶了嘉丽马夏公主（Princess Galimathia），后者是呆厮女神的使女，并且是歌剧的助手。原注中"嘉丽马夏公主"的名字源自法文词"*galimathias*"（无聊废话），另据法国词典编纂家菲勒蒂埃（Antoine Furetière, 1619—1688）所说，"*phoebus*"在当时的法语中有"夸张废话"之义。此外，本书第三卷末尾说贝斯是"我们的真正福波斯"，可参看。

65 "看！巨人亨德尔① 站在那里，武备翻新，
"活像百手的布里亚柔斯②，好勇斗狠；
"他携来马斯鼓声，以及朱庇特雷霆，③
"妄图撩拨、唤醒和震撼，人们的心灵。
"女皇啊，快抓住他，要不你无法安眠。"
70 女神依言将他，发配希伯尼亚海岸，④
随后吩咐声名之神，吹响殿后号角，⑤

---

① 亨德尔（George Frideric Handel，1685—1759），德裔英国作曲家，巴洛克时期最伟大的作曲家之一。

② 布里亚柔斯（Briareus）是古希腊神话中的百手巨人，曾协助宙斯击败泰坦巨人（Titans）。

③ 马斯（Mars）是古罗马神话中的战神。亨德尔创作的圣堂剧（oratorio，亦称"神剧"）演员众多，乐器繁杂，气势恢宏，故有"朱庇特雷霆"之说。他的圣堂剧《扫罗》（*Saul*，1739）使用了从伦敦塔借来的一些铜鼓，这些铜鼓据说是英军的战利品，故有"马斯鼓声"之说。

④ 据原注所说，亨德尔的剧作"太过阳刚"，为当代"精致绅士"所不容，以致亨德尔被迫去爱尔兰（希伯尼亚）另谋出路。原注所说是当时人们的一种认识，但现代史家认为，亨德尔1741至1742年间的爱尔兰之行原因复杂，不一定是被迫。除此而外，亨德尔不光写圣堂剧，还写了大量歌剧，是当时伦敦最重要的歌剧作曲家，不能算作歌剧的敌人。

⑤ 英国大诗人乔叟（Geoffrey Chaucer，1340?—1400）在长诗《声名之堂》（*The House of Fame*）中说，声名女神（Fame）有两支号角，一铜一金，铜号传播恶名，金号传播美誉。原注指出，这里的"殿后号角"就是第二支号角（金号），"除非我们认为'殿后'一词如《修迪布热斯》（*Hudibras*）所说，指的是声名女神某一支号角的位置"。《修迪布热斯》是英国诗人塞缪尔·巴特勒（Samuel Butler，1613—1680）创作的讽刺史诗，原注引用了诗中的相关句子（稍有改写）："她（声名女神）两支号角，吹的不是同样的风，/一支向前吹送，一支向后吹送；/所以说当代作家的声誉，/一种是美名，一种是恶谥。"

　　　　召唤万邦万族，来女神宝座前报到。
　　　　老老少少的内心，感应女神的招引，
　　　　共有本能攫住他们，送他们来朝觐。
75　　没有谁需要向导，领路有笃定引力，①
　　　　脑子里强劲重力，也驱使他们前去；
　　　　没有谁缺少位置，都找到共同核心，
　　　　他们围在女神身边，彼此牢牢贴紧。
　　　　嗡嗡的蜜蜂，一圈圈环绕黯黑蜂后，
80　　聚成的虫豸圆球，也不比他们紧凑。②
　　　　他们这越来越大的球体，旋转不停，
　　　　将一大帮不情不愿的人，吸向自身，
　　　　这些人一点点屈服，挣扎越来越弱，
　　　　最终奉女神为主，掉进女神的漩涡。
85　　女神大业的辅翼，不光是被动顺民，
　　　　还包括形形色色，有气无力的叛军，③
　　　　包括王城和学院，窝藏的呆厮妖孽，

---

① 原注说："呆厮女神的子裔不需要任何学习，不需要任何人生指引。无论研究任何学问，他们都是自己做自己的导师，无论去往任何地方，他们都是自己做自己的领路人和介绍人。"

② 参照原注所说，以上八行说的是呆厮世界的第一个阶层亦即核心阶层，成员都是最彻底的呆厮，天生亲附呆厮女神。

③ 如果从政治层面理解，核心阶层指沃波尔政府的忠实拥趸，"被动顺民"指明哲保身的软骨头，"有气无力的叛军"指反抗不力、徒然为沃波尔政府提供镇压口实的群体。

   他们或戴假发或披学袍，相互轻蔑，①

   包括所有那些，难分类的杂交品系，

90 呆厮血统的才子，才子血统的呆厮。②

   一众化外之民，也来帮衬女神帝业，

   有的身据要津，却将女神子裔奖掖；

   有的背叛福波斯③，向巴尔屈膝下跪④；

   有的宣讲福波斯，只可惜口是心非；

95 有的将生者应得的褒扬，留给死鬼，

   活着时不给年金，死了才知道立碑；⑤

   有的为谄媚呆厮，披上神圣的法衣；

   有的将桂冠，送给一个又一个呆子；⑥

   最后一种最是恶劣，看似文章满腹，

---

 ① "王城"喻指贵族阶层，他们戴时髦的假发。披学袍的则是"学院"里的学者。

 ② 据原注所说，以上十行说的是呆厮世界的第二个阶层，这些人勉强服从女神，但不愿承认自己受了女神的影响。

 ③ 原注指出，此处的福波斯不是法国福波斯，而是真正的福波斯（阿波罗），他没有选定的祭祀或诗人，一视同仁地启迪雅好艺文之士。

 ④ 巴尔（Baal）是中东地区一些古代民族敬奉的主神，偶尔也得到早期以色列人的奉祀。基督教视巴尔为邪神，有时还将巴尔等同于撒旦。据《新约·罗马书》所载，上帝曾说："我为自己保留了七千人，他们未曾向巴尔屈膝下跪。"

 ⑤ 1732年，乔治二世的王后卡罗琳（参见前文注释）命人竖立五尊伟人胸像，招来了斯威夫特的嘲讽："我们的俭朴王后，为节省肉食着想，/竖起了这些，吃不了肉的头像。"

 ⑥ 前一行说的是以显要圣职奖赏马屁精的时弊，这一行说的是尤斯登和希伯相继成为桂冠诗人的事情。

100　但却没有灵魂，只是缪斯的假信徒。①
　　　浪荡诗人和呆瓜，便如此并肩上场，
　　　一个为银子吟唱，一个为面子解囊。
　　　纳西瑟斯，禁不起牧师的全力讴歌，
　　　羞涩地低头，好似雨打的白色百合。②
105　只见蒙塔尔托③，趾高气扬迈步向前，
　　　一只手臂前伸，托着一部漂亮书卷；
　　　朝臣和爱国者，退向两边为他让道，
　　　他便从中间穿过，冲两边频频哈腰；
　　　正当他亮出，优雅身段和敬畏眼光，
110　站定欲言，却被狂妄本森，搡到一旁；
　　　本森拄的是两根，无与伦比的拐棍，

---

① 据原注所说，以上十行说的是呆廝世界的第三个阶层，其成员不属于呆廝帝国，但却以各种方式助长了呆廝女神的势力。这个阶层包括五类人，前四类是崇奉呆廝女神的贵族、愚蠢评判、愚蠢作家和愚蠢赞助人，最后及最恶劣的一类是假才子，这类人认为娱乐消遣是诗歌的唯一用途，耍嘴皮子是诗人的唯一事业，由此不光自身堕落为琐屑文人，还教坏了他们的追随者。

② 纳西瑟斯（Narcissus）是古希腊神话中的美少年，因痴迷于自己的水中倒影而溺死，死后化为水仙花。这里的纳西瑟斯是指赫维勋爵（参见前文注释）。赫维是双性恋，长年体弱多病。英国国教会牧师及作家康耶斯·米德尔顿（Conyers Middleton, 1683—1750）曾在作品题献中极力吹捧赫维。

③ 蒙塔尔托（Montalto）指曾任下院议长的英国政客托马斯·汉默（Sir Thomas Hanmer, 1677—1746）。蒲柏称汉默为"Montalto"（这个词在意大利语中意为"高山"），是因为他自高自傲。下文中的"漂亮书卷"，指的是汉默编印了一部装帧豪华的莎士比亚作品集。"朝臣"和"爱国者"（参见前文注释）是当时英国政坛上两股对立的势力，"冲两边频频哈腰"是说汉默在政治上两边讨好，立场暧昧。

>   分别刻有名字,弥尔顿和约翰斯顿。①
>   这高贵的骑士转身退下,强抑怒火,
>   "什么!"他如是叫嚷,"瞧不起莎翁著作?"
> 115 幸好是时势帮忙,使得他转怒为喜,
>   阿波罗的市长和长老,突然间现世,
>   还带来三百个青年,头戴金穗帽子,
>   准备拉着他编的大部头,招摇过市。②
>   于是女神笑道:"才子就该这样纪念!③
> 120 "但先得谋杀他们,把他们剁成碎片;

---

① 蒲柏认为本森利用已故名人自抬身价(参见前文注释)。这里的"两根拐棍",一根是指本森炮制的弥尔顿纪念碑和纪念章,一根是指英国诗人及医生亚瑟·约翰斯顿(Arthur Johnston, 1579?—1641)用拉丁文翻译的《旧约·诗篇》。本森不光出资印行约翰斯顿的译本,还为它撰写序言,把它题献给乔治二世的孙子(亦即后来的乔治三世)。

② 参照原注所说,以上六行说的是汉默所编莎翁作品集的出版经过。汉默有从男爵头衔,故有"高贵的骑士"之说。汉默曾以成本太高为由,表示要放弃印行莎翁作品的计划,但牛津大学的副校长及部分院长支持汉默编印莎翁作品(原注说汉默肆意篡改莎翁文字),并且预订了三百套,供本校富裕学生(这些学生的帽子饰有金色流苏)使用。蒲柏把牛津大学的校长院长称为"阿波罗的市长和长老",意思是他们掺和这种商业气息浓厚的事情,等于把自己降到了故城市长及长老(参见前文相关叙述及注释)的层次。

③ 据原注所说,呆斯女神的以下言语是赞赏汉默和本森,说他们身为"不以任何学问著称的无名之辈,却把自己的名字跟最杰出的作家贴在了一起",前者的方法是"编印各种经过肆意篡改的版本",后者的方法是"竖立各种纪念碑"。

"好比古昔的美狄亚（残忍，但却救命！）

"赋予年迈的埃宋，一个崭新的版本。①

"务必把经典作家，看得像战旗一样，

"越惨遭砍削撕扯，越显得荣耀辉煌，②

125 "你们，我的评论家！正好借斑驳荫凉，

"欣赏你们自造的破洞，透出的新光。

"孩儿们哪，把你们的荣名，尽量传开，

"写进柔顺的纸张，刻进坚实的砖块，

"叫他们休想把一个音步，一块石头，

130 "一页纸，一座墓，视为他们自己所有。

"要让每个诗人，都有长老坐在身侧，③

"每个才子身边，都吊着个臃肿爵爷，

"他们乘声名的凯旋战车，巡游之时，

"总有我某个奴才，跟他们绑在一起。"④

135 人群一层叠一层，在女神周围推挤，

---

① 美狄亚（Medea）是古希腊神话中的女巫。据奥维德《变形记》第七卷所说，美狄亚看到公公埃宋（Aeson）年老体衰，便割开埃宋的喉管，放光他所有的血，然后灌入魔药，使他恢复了青春。

② "经典"原文为"standard"，兼有"军旗"之义。军旗越是残破，越是凸显战事的惨烈，因此便越是受人崇敬。

③ 原注说相关事例见于西敏寺的"诗人之墓"。西敏寺的"诗人之隅"（Poets' Corner）有塞缪尔·巴特勒（参见前文注释）纪念碑，立碑者是曾任故城市长的故城长老、印刷商约翰·巴伯（John Barber, ?—1741），碑上刻有"伦敦市民约翰·巴伯于1721年竖立此碑"字样。

④ 这两行虽是讽刺，但也有史实依据。古罗马举行凯旋庆典之时，得胜将领会乘着战车巡游，旁边跟着身遭捆缚的战俘。

个个都急于进言，想抢在他人头里。
　　　呆厮嘲讽呆厮，见不得对方占便宜，
　　　活宝却向活宝，展示更周全的礼仪。①
　　　正在这时，看哪！一个幽灵突出重围，
140　幽灵的右手，掌控可怕魔杖的神威；②
　　　他头戴河狸呢帽，额绕一圈桦木条，③
　　　稚童之血和慈母之泪，滴答往下掉。④
　　　伊顿和温顿⑤学子，一个个瑟瑟抖颤，
　　　惊魂夺魄的恐惧，注满每一根脉管；
145　西敏的张狂苗裔，一个个卑躬屈膝，
　　　畏畏缩缩，俯首臣服于幽灵的宰制；
　　　连年青议员也脸色煞白，股栗觳觫，
　　　两只手伸向裤腰，将马裤牢牢拽住。⑥

---

① 原注说，呆厮与活宝（fop）有所不同，呆厮借挑刺找茬来卖弄，以反驳攻讦为能事，活宝的卖弄相对平和，专注于赞歌颂诗一类的文字。

② 原注说，这里的"魔杖"是学校教师使用的工具，"像墨丘利的魔杖一般，赶得那些可怜的灵魂团团转"。荷马史诗《奥德赛》第二十四卷写到了神使赫耳墨斯（Hermes，等同于古罗马神话中的墨丘利）用魔杖把幽魂赶回冥界的事情。

③ 当时的一些礼帽，材质是河狸毛压成的呢子。"桦木条"等同于本书第三卷当中的"桦木杖"，是体罚学生的工具。

④ 这里的"幽灵"有可能影射以严厉闻名的西敏公学校长理查德·巴斯比（Richard Busby，1606—1695）。

⑤ 温顿（Winton）是英国汉普郡城镇温切斯特（Winchester）的古称，此处代指该地的温切斯特公学（Winchester College）。

⑥ 以上两行是说，出身公学的年轻人，哪怕已经当上了议员，仍不能摆脱学生时代对体罚的恐惧。参照原注所说，这两行还暗指这些议员俯首听命于沃波尔，无法履行民意代表的职责。

　　　　　幽灵开口说道:"词句分隔人兽之域,
150　"实乃学人正业,所以我们只教词句。
　　　　　"一旦理性踌躇,如萨摩斯字母一般,
　　　　　"指出两条道路,我们总以窄路为先。①
　　　　　"我们把守学问之门,为年轻人领航,
　　　　　"绝不会让这道门户,开得太过宽敞。
155　"他们刚刚开始求知,开始揣测问难,
　　　　　"想象刚刚为他们掘开,理性的涌泉,
　　　　　"我们便祭出记诵的法宝,填塞头脑,
　　　　　"捆住反叛才智,用一重又一重镣铐,
　　　　　"绑缚思维,使他们只知道高谈阔论,
160　"受困于词句的牢笼,到死不能脱身。
　　　　　"我们给心灵,统一拴上丁当的挂锁,②
　　　　　"无论各人禀赋怎样,志趣又是如何。
　　　　　"他们进校就拿起鹅毛笔,学习作诗,
　　　　　"毕业时是何情状? 依然在学诗不止。③

---

①　萨摩斯(Samos)为希腊岛屿,古希腊大哲毕达哥拉斯(Pythagoras,前570?—前495?)的诞生地。萨摩斯字母即字母"y",毕达哥拉斯曾用它的两个分叉来象征善恶两种选择。除此而外,《新约·马太福音》载有耶稣训诫:"你们要进窄门……因为宽门大路导向灭亡……窄门小路导向永生。"但幽灵口中的"窄路",显然只具有"狭隘"的意义。

②　据原注所说,这一行的意思是公学教师把学生视同驮马,逼迫他们背负词句学问的重载,同时又给词句加上丁丁当当的韵律,以防他们厌学。

③　以上两行指的是学堂里的标准化作诗练习。

165　　"可惜呀！这魔法只将我们校园笼罩，
　　　　"到了那大厅会堂①，便迅速失去功效。
　　　　"那里有逃课温德姆，弃绝所有缪斯，
　　　　"有堕落塔尔波特，再也不伶牙俐齿！
　　　　"穆雷曾是我们，多么杰出的奥维德！
170　　"失去了普特尼，我们折损多少马榭！②
　　　　"不然就会有，某位千古流芳的诗仙，
　　　　"耗费足足两万个，凑韵的昼日夜晚，
　　　　"写出那旷世奇作，达到凡间的极限，
　　　　"使扫斯有缘目睹，人类的绝顶雄篇。"③
175　　于是女神高喊："噢，但愿有塾师国主，

---

① 据原注所说，"大厅"和"会堂"分别指西敏厅（当时的政治聚会场所）和议会下院。

② 以上四行的意思是，温德姆、塔尔波特、穆雷和普特尼都放弃了诗文消遣，投身于更为重大的事务。温德姆（William Wyndham, 1688?—1740）为出身伊顿的英国政客，托利党议员领袖。塔尔波特（Charles Talbot, 1685—1737）为出身伊顿的英国律师及辉格党政客。穆雷（William Murray, 1705—1793）为出身西敏公学的英国律师及法官，托利党政客，蒲柏的密友。穆雷以拉丁文及雄辩著称，所以被比作古罗马诗人奥维德。普特尼（William Pulteney, 1684—1764）为出身西敏公学的英国辉格党政客，擅长创制警句隽语，所以被比作古罗马警句诗人马榭（Martial, 41?—104?）。这四人都反对沃波尔领导的政府。

③ "人类的绝顶雄篇"指的是篇幅短小的警句，意在揶揄英国教士扫斯（Robert South, 1634—1716）的观点。扫斯提倡简洁祷文，比之为哲学中的格言、宗教中的神谕和诗歌中的警句，认为这些都是人类心灵"最伟大最高贵的创制"。德莱顿和蒲柏都认为，史诗才是人类艺文的最高成就。

"有某个温文詹姆斯,又来造福此土!①
"来将塾师的座席,铺上君王的龙椅,
"给词句制定律法,争战也只为词句②,
"用希腊拉丁文字,将议会法庭司掌,
180 "并且将枢密院③,变成一座语法学堂!
"我身为呆厮女神,要看到出头之日,
"无疑得借助专制的威权,提供荫庇。
"噢!倘若我的子裔,非得有实用知识,
"只需学一个,对君王也够用的道理;
185 "这道理一直挂在,我私家神父嘴上,
"这道理的存废,决定着我们的兴亡;
"你,还有剑河艾西斯④,定要大讲特讲!
"'天选君王永远正确,有权误国乱邦。'"

---

① 据原注所说,以上两行及以下十二行讲的是呆厮女神的愚民之策。鉴于学校教育的功效不尽人意,女神便将专制权力列为补救之方。专制权力一方面施行高压政策,使民众不敢探究重大的社会问题,一方面又鼓励民众钻研琐屑的书斋学问,以便转移视线。"塾师国主"指英王詹姆斯一世(James I, 1566—1625),此人鼓吹"君权神授",施行专制统治,同时又喜欢卖弄学问。史载詹姆斯一世曾亲自教一名侍童学拉丁语,并且对当时的西班牙驻英大使宠眷有加,因为这位大使故意使用错误的拉丁语,给这位好为人师的君主提供了指正他人的机会。

② 詹姆斯一世奉行和平的外交政策,竭力避免卷入战争。现代史家对这位君主的评价,远较此诗正面。

③ 枢密院(Privy Council)是向英国君主提供政策建议的机构,在当时是一个权力很大的重要部门。

④ 剑河(Cam)为英格兰东部河流,流经剑桥,此处代指剑桥大学。艾西斯河(参见前文注释)代指牛津大学。

　　　　一伙人听到召唤，便围到女神身边，
190　大檐帽兜帽四方帽，黑压压的一片；
　　　　这黑色的包围圈，一层层越裹越厚，
　　　　人头上百，全都是亚里士多德之友。①
　　　　艾西斯啊，你也在这里，你也没缺席！
　　　　（虽说假正经的基督教堂②，依然远离。）
195　他们个个是硬嘴辩士，顽固如磐石，
　　　　个个是猛悍逻辑专家，将洛克拒斥，③
　　　　扬马鞭紧马刺，无惧坎坷全速赶来，
　　　　乘骑日耳曼克劳萨，和荷兰布赫戴。④
　　　　同样多的人马，辞别那条水声潺潺，

---

① 参照原注所说，这行诗是讽刺牛津大学的一些学者固守亚里士多德的过时学说（"过时"是就其自然科学学说而言），拒绝接受笛卡尔、牛顿、洛克等人的进步理论。

② 基督教堂（Christ Church）是牛津大学的一个学院。蒲柏对这个学院网开一面，是因为这个学院曾帮助蒲柏的友人抨击论敌。

③ 据原注所说，1703年，牛津大学曾召开各学院院长会议，决定禁止学生阅读洛克撰著的《人类理解论》(*An Essay Concerning Human Understanding*, 1689)。

④ 克劳萨（Jean-Pierre de Crousaz, 1663—1750）为瑞士神学家及哲学家，曾将蒲柏长诗《论人》(*An Essay on Man*, 1734) 斥为异端邪说。布赫戴（Franco Burgersdijk, 1590—1635）为荷兰逻辑学家，英国各所大学至十八世纪中叶仍在使用他编写的逻辑学教材。诗中把这两人比作马匹，原注讽刺说："这些博士和院长竟然骑马，似乎不合常理，因为他们近来要么痛风要么臃肿，一般都是坐车。但这些马匹十分壮健，能够承载任何重负，它们的日耳曼和荷兰血统，已经表明了这一点。"

200　催眠玛嘉烈和克莱尔学子的河川，①

　　本特利日前曾游嬉河中，兴风作浪，

　　猛搅浑水，如今却跑到港湾里安躺。②

　　这可畏的阿瑞斯塔克斯，领队排头，

　　满脸都是无数个评注，刻出的深沟；③

205　他那从不为礼敬凡人，摘掉的礼帽，

　　由沃克④诚惶诚恐地取下，一旁收好。

　　他如君王般颔首，不学卑躬的同道，

　　贵格会众也如此，不为人或神折腰。⑤

　　他说道："女神！赶走你座前这帮乱民。

210　"滚开——莫非你们不知，我的鼎鼎大名？

　　"我是你的非凡学者，从来不知疲倦，

---

①　"河川"指剑河。"玛嘉烈"指英王亨利七世之母玛嘉烈夫人（Lady Margaret Beaufort，1441/3—1509）创立的剑桥大学圣约翰学院（St John's College，下一行当中的本特利毕业于此），"克莱尔"指得到英王爱德华一世（Edward I，1239—1307）外孙女伊丽莎白·克莱尔夫人（Elizabeth de Clare，1295—1360）捐助的剑桥大学克莱尔学院（Clare College）。

②　本特利即理查德·本特利（参见前文注释），曾任剑桥大学三一学院院长，其间推行了一些招致同僚怨恨的改革措施，几乎因此失去院长职位。"港湾"原文为"port"，兼有"波尔图葡萄酒"之义（参见第三卷篇末的相关诗句及注释），指涉本特利退休之后的酗酒恶习。

③　阿瑞斯塔克斯是蒲柏给致力于章句学问的本特利起的诨名（参见前文注释）。

④　沃克（Richard Walker，1679—1764）为剑桥大学教授，曾任三一学院副院长，坚定支持本特利。

⑤　贵格会（Quakers）是基督教新教的一个派别，该派别主张人人平等，反对向长上者行脱帽礼。

"务必使贺拉斯无味,使弥尔顿寡淡。①

"他们写出的诗章,全都是徒然枉自,

"总会被我这样的评论家,变回散体。

215 "希腊罗马文法家算什么!看我才华:

"我亲手创制的物事,比字母还伟大;

"我们的双伽玛,站在你字母表顶端,

"凌驾于所有字母之上,如扫罗一般。②

"千真万确,我们依然只为词句论战,

220 "争辩原文是'我'还是'你',是'或'还是'但',

"争辩'cano'这个词,该重读'o'还是'a',

"争辩'Cicero'的'c',发音是'c'还是'k'。③

---

① 本特利曾编辑整理古罗马诗人贺拉斯(Horace,前65—前27)的作品集,以及弥尔顿的《失乐园》。

② 本特利重新发现了失传的希腊文字母"F",由此解决了荷马史诗一些句子音韵不谐的问题。希腊文字母"F"相当于英文中的"w",形似两个"Γ"(伽玛)上下叠加,所以名为"双伽玛"。当时的印刷商没有这个字母的模子,于是用大写英文字母"F"代替,致使它比其他希腊文字母高出一截,好似《圣经》中的以色列王扫罗(Saul)。据《旧约·撒母耳记上》所载,扫罗"身躯比众民高出一头"。本特利虽然自负,但发现"双伽玛"确实是一个重要的贡献,蒲柏对此事的讽刺显得不合情理。

③ "cano"是《埃涅阿斯纪》第一卷第一行当中的一个词,意为"吟唱"。"Cicero"即古罗马哲学家及作家西塞罗(前106—前43)。以上四行所说,都是当时考据家争论的话题。

"且让弗伦德,刻意装出特伦斯语调,

"且让沃索普,逼真模仿贺拉斯说笑,①

225 "对我来说,攀不上维吉尔和普林尼,

"总可以指望,马尼柳斯或索里讷斯。②

"由他们探究,柏拉图的阿提卡方言,

"我只向苏达斯,剽窃希腊文的盗版。③

"万一有人想了解,古典词句的真义,

230 "我保证只给残渣,绝不让他们朵颐;

"只给格柳斯或斯托巴乌斯的杂烩,④

"又或瞎眼老学究,一嚼再嚼的零碎。

---

① 弗伦德(Robert Friend,1667—1751)为英国教士,曾任西敏公学校长。沃索普(Anthony Alsop,1670?—1726)亦为英国教士。两人都擅长写作拉丁文诗歌,都曾是本特利的论敌。特伦斯为古罗马剧作家(Terence,前195?—前159?)。

② 普林尼(Pliny the Elder,23/24—79)为古罗马作家,撰有经典名著《自然史》(*Naturalis Historia*)。马尼柳斯(Marcus Manilius)为公元一世纪的古罗马诗人及占星家,本特利曾编印他的诗歌。索里讷斯(Gaius Julius Solinus)为公元三世纪的古罗马文法家及地理学家。维吉尔和普林尼声名卓著,马尼柳斯和索里讷斯则鲜为人知。据原注所说,马尼柳斯之类的作家并不值得研究,本特利之类的评注家之所以研究他们,是因为他们少人关注,方便评注家信口雌黄。

③ 阿提卡(Attica)是雅典周边的地区,柏拉图和亚里士多德使用的都是该地方言。"苏达斯"(Suidas)是十世纪百科全书式希腊语辞书《苏达》(*Suda*)的别名,别名的来由是古代学者误以为《苏达》的编者名叫"苏达斯"。日耳曼学者鲁道夫·丘斯特(Ludolf Küster,1670—1716)曾编印《苏达》,这项工作得到了本特利的协助。

④ 格柳斯(Aulus Gellius)是公元二世纪的古罗马作家及文法家,斯托巴乌斯(Joannes Stobaeus)是公元五世纪的古罗马编纂家。两人都编有摘抄簿式的古文献集子,许多古文残篇赖以留存至今,但由原注可知,蒲柏认为这两人的著作和《苏达》一样,没有真正的价值。

"评注家的眼睛,好比才智的显微镜,

"发丝毛孔皆可见,一毫一缕尽分明。

235 "但须得等到跳蚤,看清了人体全貌,

"丘斯特、伯尔曼和瓦瑟①,才能够看到,

"部分是如何关联,其余部分和整体,

"看到整体的谐律,灵魂的光华熠熠。②

"女神啊,你可不要以为,傻瓜的帽子,

240 "比智者的正装,包着更地道的呆痴!③

"我们始终在学问的表面,颠簸遨游,

"就像一个个浮标,永远不沉入洪流。

"你才是众多学院,如假包换的院长,

"你统辖众多,目无神明的神学殿堂。

245 "区区一个巴罗,教化不了所有荜莽,

"区区一个阿特伯里,坏不了一锅汤。④

---

① 伯尔曼(Pieter Burman,1668—1741)为荷兰古典学者,本特利的友人。瓦瑟(Joseph Wasse,1672—1738)为英国教士及古典学者,曾与本特利一同协助丘斯特编辑《苏达》。

② 以上六行是讽刺本特利之类的评注家谨毛失貌,见小不见大。蒲柏曾在《论人》中写道:"人为何没有,显微镜一般的眼睛?/道理简单之极,只因人不是苍蝇。/就算有更锐敏的视力,但若是只盯着微粒,/不去探索穹苍,又有何益?"

③ "傻瓜的帽子"原文为"Folly's cap",指宫廷小丑戴的一种滑稽帽子,通常缀有铃铛。以上两行是本特利在向呆瘢女神表功献媚,说自己才是真正地道的呆瘢。

④ 巴罗(Isaac Barrow,1630—1677)为英国神学家及数学家,曾任三一学院院长,但只任职五年便英年早逝。阿特伯里(Francis Atterbury,1663—1732)为英国学者及政客,蒲柏的友人,曾任罗切斯特主教。两人都擅长讲道。原注对他们甚为推许,说他们致力于传播真正的艺文。

"瞧！那轰鸣的重炮，还有那遮挡天际，
"玄之又玄的烟雾，依然在为你效力。①
"为了你，我们用前无古人的新解读，
250 "蒙蔽人们的眼睛，填塞人们的脑颅；
"为了你，女神啊，我们揪住一个题目，
"连篇累牍地阐释，把所有人搞糊涂；
"好比渺小的春蚕，虽然说肚量有限，
"却能够吐丝不断，把自己包在里面。
255 "就算我们任由，个别不彻底的蠢货，
"遍访学堂，博涉各门学科，那又如何？
"他只会掠过所有学问，什么也不沾，
"表现胜过一切，钻火圈的杂技演员。
"倘若他始终清醒，兴许确实能学会，
260 "用强辩使人着恼，用歪诗使人遭罪。
"我们只会教给他，他用不上的东西，
"或者逼他去娶，他终将离异的缪斯；

---

① 这句诗里的"重炮"原文为"canon"（cannon 的变体），兼有"法政牧师"（教堂职衔）之义。据原注所说，"canon"影射牛津基督堂座堂（Christ Church Cathedral）管理机构法政牧师团的某位成员。据英国文学史家戴斯（Alexander Dyce, 1798—1869）考证，讽刺对象可能是英国教士及学者大卫·格雷戈里（David Gregory, 1696—1767），此人曾以诗作称颂乔治一世和二世，曾任基督堂座堂法政牧师，其间在座堂里竖立了乔治一世和二世的雕像。这句诗里的"天际"原文为"pole"，本义"天极"，代指天空。原注说这个"pole"应为"poll"（这个词有"脑袋、头顶"之义），影射基督堂座堂法政牧师团的首脑亦即教长。本卷还点名抨击了基督堂座堂的另一位法政牧师，见后文。

"或者使他深深浸入,欧几里得原理,

"马上就把一颗文星,变成一个呆厮;

265 "又或送他去玄学的场地,操练马术,

"任凭他闪转腾挪,终不能前进一步。①

"我们使上同一种,无比牢靠的水泥,

"将所有的心灵,凝固在同一个层次。

"谁要能劈开这团块,放出其中学子,

270 "帮助他修业成才,只管来放手一试。

"但我何必多费口舌?既已看见一班,

"娼妓、学生和蕾丝袍导师,旅法回还。②

"沃克!帽子拿来。"③他再不肯屈尊作声,

---

① 参照原注所说,以上六行说的是一种误人子弟的"因材施教",亦即让没有想象力的学生学习诗文,让有想象力的学生学习数学之类的抽象学科。六行中的最后两行是用训练马匹来比喻教授生徒。

② 十七、十八世纪的欧洲(尤其是英国)贵族子弟成年之时,往往会在导师陪伴下漫游全欧,名为"壮游"(Grand Tour)。这行诗里的"娼妓、学生和蕾丝袍导师",便是一伙"壮游"归来的人物。"壮游"的目的是增广见闻,导师有责任保证学生行为规矩,娼妓的出现显然是极大的讽刺。原注揶揄说,之所以不把导师排第一,是怕读者以为导师带学生召妓;不把学生排第一,是怕读者以为学生带导师召妓;娼妓排第一最合适,因为导师和学生都受娼妓的摆布。原注还说,导师往往出身寒微,不适宜陪贵族学生会见旅途各国的显贵,所以要穿饰有金银蕾丝的袍子,借此自抬身价。

③ 据英国教士及学者詹姆斯·蒙克(James Monk, 1784—1856)《理查德·本特利传》(*The Life of Richard Bentley*, 1833)所说,本特利有一次在饭桌上被人惹恼,于是高喊一声"沃克!帽子拿来",径自离席。

板着脸阔步离去,像埃阿斯的亡灵。①

275　转眼涌来一群纨绔儿郎②,锦衣鲜亮,
　　一边嗤嗤冷笑,一边推学究们离场。
　　几个学究想要抗议,但他们的申说,
　　被法国猎号和狂吠猎犬,彻底淹没。
　　领头儿郎走近女神,神色轻松随意,
280　一如在圣詹姆斯宫,觐见王后之时。③
　　但他尚未开口,陪同导师抢先致辞:④
　　"伟大女皇啊!请认下这位,成才子嗣:
　　"他生来受你佑护,从不会笞杖加身,
　　"好一个无畏孩童!从不知惧怕神明。⑤
285　"父亲看见他表露,一种又一种美德,
　　"母亲巴望他享有,成为浪子的福泽。⑥

---

① 埃阿斯(Ajax)是特洛伊战争中的希腊联军勇士,在阿喀琉斯死后想得到阿喀琉斯的甲胄。甲胄最终被俄底修斯夺去,埃阿斯愤恚自杀。据荷马史诗《奥德赛》第十一卷所说,俄底修斯曾试图安抚埃阿斯的亡灵,但亡灵不肯跟俄底修斯说话。

② "纨绔儿郎"即上文中的"学生",亦即"壮游"归来的贵族子弟。

③ 圣詹姆斯宫(参见前文注释)是当时英国君主在伦敦的首要住所。据原注所说,以上两行是指斥当时的一些年轻贵族放肆无礼,哪怕在王后面前也不知收敛。

④ 据斯彭斯《书人轶事》(参见前文注释)所载,蒲柏曾说:"让我自己来评判的话,我认为陪同导师致辞是我新版《呆厮国志》写得最精彩的片段之一。"

⑤ 据原注所说,这一行是反用贺拉斯《颂诗》(Odes)第三卷第四首的句子:"好一个无畏孩童,身后有神明佑护。"贺拉斯诗中的角色因神明眷顾而无畏,这行诗里的贵族青年则因不知天高地厚而无畏。

⑥ 以上两行是说贵族家庭教养无方,把孩子的恶习看成美德,还希望孩子养成懒散浪荡的"贵族派头"。

"你赐予他,来得早也去得早的老练,
"他没有少年时代,也永远不会成年。①
"你用祥云遮掩,这年轻的埃涅阿斯,
290 "使得他悄然安渡,学堂大学的藩篱;
"然后让他在耀目光环里,突然现身,
"以震耳欲聋的叫嚣,惊倒半座王城。②
"于是他一往无前,飞越海洋和大陆:
"他看见欧洲,欧洲也看见他的面目。
295 "我们向他展示,你所有的恩典馈赠,
"你是我们旅途中,唯一的指路明灯!
"引我们去塞纳河,看它谄媚地流淌,
"送它的柔懦子孙,去跪拜赫赫波旁③;
"或是去台伯河,它丧尽了罗马精神,
300 "只知卖弄意大利艺术,意大利灵魂。④
"去快活的女修院,院墙上藤蔓爬满,
"昏睡的院长,脸色如美酒一般红艳;

---

① 据原注所说,人生本应有少年时代和成年时期两个阶段,早慧有时会抹去第一阶段,愚蠢有时会抹去第二阶段,真正的呆痴却能够同时抹去两个阶段,因为呆斯既不会有少年的青涩,也不会有成年的睿智。

② 维吉尔《埃涅阿斯纪》第一卷讲到埃涅阿斯之母维纳斯女神以云雾遮蔽埃涅阿斯,帮助他潜入北非古城迦太基(Carthage),然后又使他以格外俊美的模样现身,由此赢得城主狄多女王(Dido)的爱意。以上四行是说贵族子弟在校期间一事无成、默默无闻,步入社会却依然凭裙带关系"一举成名"、招摇卖弄。

③ 波旁(Bourbon)是法国王室的姓氏。

④ 蒲柏推崇古罗马的文明成就,但对同时代的意大利文化不以为然。

"去芬芳的岛屿,开遍晚香玉①的谷地,
"喘吁吁的阵风里,弥漫萎靡的香气;
305 "去欢歌之地,或者说欢舞奴隶之园,②
"去情话呢喃之林,去琴音回荡之川。
"最紧要的是去,裸体维纳斯的神祠,
"那里的丘比特,拿大洋雄狮当坐骑;
"亚德里亚海波,卸去了舰队的重担,
310 "只推送无须的阉人,和花痴的少年。③
"在我的带领之下,他漫游欧洲各地,
"在信仰基督的国土,收集一切恶习;
"走遍所有的宫廷,听遍所有的君王,
"针对歌剧或美女,发表其皇家感想;
315 "一视同仁地寻访,高门大第与青楼,
"喜洋洋勾三搭四,兴冲冲寻花问柳;
"尝遍所有开胃小菜,品遍所有佳酿,

---

① 晚香玉(tuberose, *Agave amica*)为天门冬科龙舌兰属草本植物,花朵有浓烈醉人的香气,夜间尤甚。

② 这一行是说,专制君主国家(比如上文中的法国)的臣民其实与奴隶无异,但他们无意争取自由,只求苟且偷欢。

③ 威尼斯由亚德里亚海中众多岛屿组成,以带翼雄狮为城徽。存在于公元七至十八世纪的威尼斯共和国(Republic of Venice)曾是雄冠欧洲的海上强国,在蒲柏的时代则国势式微,风气奢靡,热衷于假面狂欢节之类的消遣。"Venice"读音与"Venus"(维纳斯)大致相同,当时的威尼斯以性开放闻名。"阉人"应是指歌剧舞台上的阉人歌手(参见前文注释)。

"酒喝得有理有节,饭吃得英勇非常;①

"将无趣的拉丁存货,通通清出头脑,

320 "母语变得驳杂不纯,外语也没学到;

"将所有古典学问,丢弃在古典土地,②

"最后就变成音声的回响,变成空气!③

"瞧,如今他腌制合度,教养无可挑剔,

"脑子里没有别的,只装着独唱一曲④

325 "他的家产、操守和才华,绝对不超出,

"詹森、弗里伍德和希伯,首肯的程度;⑤

---

① "开胃小菜"和"佳酿"原文分别为以斜体强调的法文词"hors-d'oeuvres"和"liqueurs"。以上两行反映了蒲柏对法国饮食的厌恶。据原注所说,吃法国的这些"非凡菜肴"是一件风险极大的事情,因为这些菜肴用酱汁掩盖食客闻所未闻的食材,"极易引发炎症,十分不健康"。

② 可参看前文注释中艾迪森赞美意大利的诗句:"诗意的原野,从四面把我包围,/我仿佛依然置身,古典的土地。"

③ "回响"原文为"Echo",指涉古希腊神话中的回声女神厄科。厄科本为山林女仙,因天后赫拉的诅咒而不能说话,只能重复他人话语的末尾部分。厄科爱上了纳西瑟斯(参见前文注释),但却无法表白。纳西瑟斯死后,厄科日渐憔悴,最终形体耗尽,仅余声音。"空气"原文为"air",在这个语境下兼具"咏叹调"之义。

④ 原注调侃说:"只有独唱没有别的?可不是嘛,脑子里有的既然是'独'唱,哪还该有别的?这个说法实在是重复累赘!"

⑤ 詹森(Henry Janssen,1700—1766)是英国金融家西奥多·詹森(Theodore Janssen,1658—1748)的儿子,以诈赌闻名;弗里伍德(Charles Fleetwood,?—1747)为英国剧院经理,曾与希伯一同经营杜里巷皇家剧院,因赌博败家,并以刻薄精明著称。原注讽刺说,詹森、弗里伍德和希伯虽然不是导师,但却以身垂范,分别为年轻人提供了财务、品行和才智方面的教育。

"他悄悄逃脱决斗,身后有修女跟随,①
"要是能当上议员,便不致前程尽毁;②
"瞧,我有幸将这位,明星般的年轻人,
330 "带回了我的祖国,还捎上一位爱神。
"女皇啊!请一并认下她(我为她痴迷),
"好让娼家子嗣,子嗣的子嗣的子嗣,
"支撑你的御座,像支撑邻邦的王权,
"好培育专属于你的族裔,瓜瓞绵绵。"③
335 女神闻言心喜,便认下这佳人才子,
用纱幂包裹二人,使他们不知羞耻。
女神举目观瞧,看见一帮懒散闲汉,
他们不去教会,不去宫廷,不去议院,
永远游荡,永远无精打采,彻底漠视,
340 一切事业和嘱托,一切责任和友谊。

---

① 难耐寂寞的修女是时人热衷的谈资。第二卷提及的布雷沃曾充任贵族子弟的"壮游"导师,旅途中结识米兰一所女修院的一个修女。修女与布雷沃私奔,后来还得到罗马教廷的宽宥,与布雷沃结为夫妻。

② 当上议员便享有豁免权,不会因债务遭到逮捕。

③ 据原注所说,"娼家子嗣"是呆斯女神最得力的辅翼,比"最私生的私生子"还能干。"邻邦的王权"之说是讽刺欧洲一些君主国家把王家私生子封为贵族,并把这些人倚为膀臂。英国也有类似的情形,比如第一世格拉夫顿公爵(Henry FitzRoy, 1st Duke of Grafton, 1663—1690)。此人是英王查理二世(Charles II, 1630—1685)的私生子,其子第二世格拉夫顿公爵(Charles FitzRoy, 2nd Duke of Grafton, 1683—1757)曾任宫务大臣,其间将希伯聘为桂冠诗人。

你啊,我的帕里兜①!女神也看见了你,
看见你瘫在一把,过于安乐的躺椅,
听见你用连声的哈欠,不停地诉说,
游手好闲的痛苦,游手好闲的折磨。
345 女神怜悯你!但她的怜悯别无效验,
仅仅是让你的脑袋,点得更加频繁。
诡诈鉴赏家安纽斯,恰在此时来至,
虚假如他的宝石,朽烂如他的古币,
手拿一块精仿翡翠,和一根乌木杖,②
350 颇略家饭堂的阉鸡,塞满他的肚肠。③

---

① 帕里兜(Paridell)出自英国诗人斯宾塞(参见前文注释)的长诗《仙后》(*The Faerie Queene*, 1590),是一个四处游荡勾引女人的花花公子,名字由 "Paris"(帕里斯,诱拐海伦引发特洛伊战争的特洛伊王子,参见前文注释)和 "idle"(游手好闲)合成。据原注所说,"现今的许多年轻绅士喜欢旅行,尤其喜欢去 Paris(巴黎)",动机和帕里兜是一样的。

② "安纽斯"(参见前文注释)影射英国收藏家安德鲁·丰丹(Andrew Fountaine, 1676—1753)。丰丹嗜好收集古币古玩,曾任英国皇家铸币厂总监,长年旅居海外,并曾为其他藏家充当代理。丰丹曾担任爱尔兰上议院的"黑杖传令官"(Black Rod),故有"乌木杖"之说。英国的收藏风气兴起于十六世纪末,包括弗朗西斯·培根在内的一些人对这种爱好不以为然,认为它不能带来真正的学问。蒲柏也持有类似观点,认为收藏家"百无一用"。

③ 颇略(Gaius Asinius Pollio,前 75—4)为古罗马将领及政客,维吉尔的赞助人,贺拉斯的朋友。这里的"颇略"可能影射英国贵族第八世彭布罗克伯爵(Thomas Herbert, 8th Earl of Pembroke, 1656?—1733),丰丹曾为他搜集古玩,也可能影射其子第九世彭布罗克伯爵(Henry Herbert, 9th Earl of Pembroke, 1693—1749),此人也喜欢古董,曾委托丰丹为自家收藏编目。

　　　　　只见他蹑手蹑脚，好似狡狯的狐狸，
　　　　　偷偷摸到，天真绵羊晒太阳的河堤，
　　　　　转悠来转悠去，东边瞅瞅西边看看，
　　　　　不过他礼敬女神，所以先悄声许愿：
355　　"请助我，仁慈的女神！助我继续行骗，
　　　　　"愿你施放的乌云，继续将骗术遮掩！①
　　　　　"请你向在场人等，投下精选的迷雾，
　　　　　"用最浓厚的部分，罩住高贵的头颅，
　　　　　"好让各位青年，借我们的眼力保驾，
360　　"鉴赏别样的恺撒，打造别样的荷马；②
　　　　　"穿梭晦暗的远古，找寻雅典的飞禽，③
　　　　　"众神称它恰西斯，凡人称它猫头鹰，④
　　　　　"找见阿提斯，还有清晰的希廓普斯，

---

① 据原注所说，以上两行是戏仿贺拉斯《书信集》（Epistles）第一卷第十六首描写小偷向窃盗女神拉维尔娜（Laverna）祷告的诗句："噢，美丽的拉维尔娜，／请赐我行骗的本领，给我君子的假面，／用黑夜的云翳，将我的骗术遮掩。"

② 恺撒（Julius Caesar，前100—前44）即史称"恺撒大帝"的古罗马著名统帅及政客，古代一些铸币上有他的头像。"别样的恺撒"和"别样的荷马"是指带有伪托古人肖像的铸币或雕塑。

③ 雅典守护神雅典娜的圣鸟是猫头鹰。另据原注所说，雅典古币的背面铸有猫头鹰图案。

④ 由原注可知，这一行的原文是英国哲学家霍布斯（Thomas Hobbes，1588—1679）对《伊利亚特》第十四卷第二九一行的英译。蒲柏对霍布斯的荷马译本评价不高，现代学者的看法也普遍如此。

"甚至是穆罕默德!有鸽子飞在耳际;①
365 "攒下无数古代铜器,虽说不是金子,
"保藏收来的拉尔斯②,不惜卖房卖地;
"为了个无头福柏,推却美丽的新娘,③
"膜拜叙利亚公侯,胜于本国的君王,④
"拿奥托当爵位,只要我担保是真货,
370 "以奈哲尔为极乐,直到听说第二个。"⑤
著名呆子麻缪斯,藏有胡夫木乃伊,

---

① 阿提斯(Attys)是小亚细亚古国吕底亚(Lydia)的国王,希廓普斯(Cecrops)是雅典的第一位国王,两个都是传说中的人物。据原注所说,世上不太可能存在铸有这两人头像的硬币,更不可能存在铸有穆罕默德头像的硬币,因为伊斯兰教禁止偶像崇拜;尽管如此,还是有某个"安纽斯"制造了一枚穆罕默德铸币,如今收藏在"某个学识渊博的贵族"手里。"有鸽子飞在耳际"的说法源自西方昔时的反伊斯兰教宣传,说穆罕默德曾训练一只鸽子啄食他放在自己耳朵里的谷粒,然后把这只鸽子称为天使或圣灵。

② 拉尔斯(Lares)是古罗马神话中的家政女神,这里是指拉尔斯的神像。

③ 福柏(Phoebe)是古希腊神话中月神及贞洁女神阿耳忒弥斯(Artemis)的别称,这里是指神像。

④ "叙利亚公侯"指铸有希腊罗马帝王头像的中东古币(中东地区曾先后成为马其顿帝国和罗马帝国的领土)。

⑤ 奥托(Otho,32—69)为古罗马皇帝,在位仅三个月,以自杀告终。奈哲尔(Gaius Pescennius Niger,135?—194)为古罗马将领,公元191年任叙利亚行省总督,193至194年间称帝,随即兵败被杀。这两人的统治为时短暂,可想而知,带有他们头像的铸币极为稀少。

　　　　　自身也跟藏品一样，散发熏天臭气。①

　　　　　他听安纽斯说话，气得像受惊蝰蛇，

　　　　　冲对方摇起古代的叉铃②，开口斥责：

375　　"负义小人！有脸说什么叙利亚公侯？

　　　　"这些有角族类，女神啊！全归我所有。③

　　　　"他确实机灵，能够使它们价格飙升，

　　　　"还能够从希腊傻子手里，偷来它们；

　　　　"更绝的是，他虽然被摩尔海盗追逐，

380　　"照样能保住它们，不便宜那些蛮族。

　　　　"当时他受赫耳墨斯④指引，胆大如神，

　　　　"冒着生命危险，吞下这些希腊黄金，

　　　　"将一个个的半神，深藏在他肚肠里，

---

①　麻缪斯为古罗马将领（参见前文注释），影射热衷搜集木乃伊的收藏家，因为"Mummius"这个名字与"mummies"（木乃伊）几乎相同。胡夫（Cheops）是公元前二十六世纪的古埃及法老，其陵寝吉萨大金字塔（Great Pyramid of Giza）举世闻名。胡夫木乃伊的下落迄今未知，诗中说的"胡夫木乃伊"既然恶臭，显然是防腐做得不到家，只可能是赝品。

②　叉铃（sistrum）是古埃及的祭神乐器，靠人手摇动发声。"麻缪斯"可能的具体影射对象之一是1740年前后在伦敦成立的埃及俱乐部（Egyptian Club），该俱乐部聚会之时，会长面前会摆放一柄体现会长身份的叉铃。英国政客约翰·蒙塔古（John Montagu, 4th Earl of Sandwich, 1718—1792）是该俱乐部的创始会员及会长。

③　"有角族类"即"叙利亚公侯"，也指古币。把帝王描绘为头上长角的做法源自阿蒙神（Ammon）崇拜。阿蒙本是古埃及主神，头生双角，后来与宙斯（朱庇特）混同，受到古希腊人和古罗马人的崇拜。亚历山大大帝自称"阿蒙之子"，中东一些古币上的亚历山大由此呈现为长着"阿蒙之角"的形象。

④　赫耳墨斯（参见前文注释）不光是神使，还是骗术的保护神。

"既虔敬又安稳——我膜拜他腹中神祇,

385 "并且买下了这些,活神龛里的圣像,

"等它们再次降生,便该是我的收藏。"①

"尊神阿蒙作证!我凭祂的双角立誓,"

安纽斯轻声回答,"咱们的这个肚子,

"依然装着金币,无诈无欺;我吃鸡肉,

390 "只是为了把金币,随鸡肉一道回收。

"为了证明我,女神啊!不曾坑蒙拐骗,

"请准我去颇略家吃晚饭,还有午饭,

"学者们都会到场,看我将金币生产,

"道格拉斯会以柔软手掌,助我分娩。"②

395 呆厮女神莞尔而笑,似乎已经默许,

两人便手牵着手,向着颇略家走去。

于是有一伙奇人,蝗群般盖满地面,③

---

① 参照原注所说,以上十行的背景是法国医生及考古学家雅各·斯彭(Jacob Spon, 1647—1685)在《意大利等处航行记》(*Voyage d'Italie, de Dalmatie, de Grèce et du Levant*, 1678)当中记述的一则轶闻。其中说法国钱币学家瓦扬(Jean Foy-Vaillant, 1632—1706)去中东为法国国王搜集古币,在海上遭遇摩尔海盗(摩尔人指北非的穆斯林),于是把二十枚金币吞到肚里。此时狂风大作,瓦扬借此逃脱海盗追赶。后来他靠吃菠菜把金币拉了出来,其中包括一枚奥托铸币。

② 道格拉斯(James Douglas, 1675—1742)为英国产科医生,卡罗琳王后的御医。道格拉斯在《新呆厮国志》(参见本书第一条注释)刊行数周之后去世,当时的一些人由此认为,名列此书的事实缩短了他的寿命。原注说道格拉斯也有收藏癖,大量收藏各种版本的贺拉斯作品。

③ 由下文可知,这伙人是博物学家。原注指出,诗中把这些人比作蝗虫,着眼点是性质而非数量,因为这些人大肆破坏所到之处的树木花草,而且不放过苔藓菌菇。

　　　　　头戴杂草和贝壳，编结的怪异冠冕。
　　　　　他们走向女神，个个手拿绝妙贡物，
400　　　有鸟窝和癞蛤蟆，也有花朵和菌菇。
　　　　　其中两个遥遥领先，心怀诚挚热忱，
　　　　　面带激动神色，到女神御座前陈情。
　　　　　第一个开口说道："我等的共同慈母，
　　　　　"伟大的女王啊，请倾听你冤民申诉！
405　　　"我在卑微的花床里，养出这枝名花，
　　　　　"用空气阳光和雨露，哺育它，鼓舞它，
　　　　　"再用纸做圈领，轻轻托住它的花瓣，
　　　　　"又用亮闪闪的金珠，点缀它的花冠，
　　　　　"把它供在玻璃罩里，起名叫卡罗琳，①
410　　　"每一个姑娘小伙，都夸它绝美无伦！
　　　　　"自然的画笔，可曾借一次随性挥写，
　　　　　"融合如此的光辉、如此丰富的颜色？
　　　　　"现在呢，倒了！死了！瞧瞧我的卡罗琳，②

---

① 由下文可知，这里说的花是康乃馨。据同时代英国园艺家菲利普·米勒（Philip Miller，1691—1771）《花匠词典》（*The Gardeners Dictionary*，1733）第一卷所说，为了使康乃馨开得完美，当时的花匠会使上纸托、玻璃罩和金属架子，以收造型及保护之用。原注说以上五行的原文是对古罗马诗人卡图卢斯（Catullus，前84?—前54?）诗集第六十二首相应诗句的英译。另据原注所说，当时的花匠喜欢给自己培育的花卉安上名流显贵的名字，最突出的例子是伦敦的一个花匠。这个花匠请人把他最喜欢的花卉画在招牌上，并且注明："这是我的卡罗琳王后。"

② 卡罗琳王后于1737年因脐疝气去世，死状十分凄惨。

　　　　　"再没有姑娘小伙，夸赞它绝美无伦。

415　"再瞧瞧这个恶棍！可鄙的昆虫贪欲，
　　　　　"驱使他把这春天的娇女，践踏成泥。
　　　　　"噢，惩治他吧！要不就打发我的灵魂，
　　　　　"去往伊利耶，去陪伴不凋的康乃馨。"①
　　　　　说完他啜泣不已，被告却一脸无辜，

420　站到女神的面前，开始为自己辩护：
　　　　　"那个珐琅般亮丽的族裔，张开银翅，
　　　　　"在春日和风里招展，或是款款游弋，
　　　　　"乘着缓缓流动的大气，其中有一位，
　　　　　"暖意与空气的娇子，最是熠熠生辉。

425　"我看见这翩跹猎物，马上就追着它
　　　　　"跑出春日绿荫，跑向一枝又一枝花，
　　　　　"它逃遁，我尾随，时而心喜，时而心痛；
　　　　　"它停顿，我停顿，它又启动，我也启动。②
　　　　　"最后它飞上可心的植物，久久停歇，

430　"于是我一把捉住，这只美丽的蝴蝶，
　　　　　"顾不得它下方，是玫瑰还是康乃馨，
　　　　　"我的折腾，女神啊！没逾越我的本分。

---

①　古希腊神话中的伊利耶之原（参见前文注释）是一个气候宜人、四季如春的地方。

②　据原注所说，这一行是戏仿弥尔顿《失乐园》第四卷的诗句："……我惊慌退却，/ 它也惊慌退却，但我喜孜孜即刻回返，/ 它也喜孜孜即刻回返……"弥尔顿原诗说的是夏娃面对自己水中倒影的反应。

"我说的是赤裸裸的事实,毫无妆裹,

"要开脱我的举动,只需要看看收获;

435 "成果就在这纸板上,供你御目观览,

"这举世无双的蝴蝶啊,死了也中看!"

"孩儿们!"女神答道,"你俩已各尽其职;

"正该愉快相处,长年推广本族文艺。

"但请听为母一言,望你俩遵我嘱咐,

440 "给我们的昏睡朋友①,兄弟般的呵护。

"上苍以俭省手段,造就的普通灵魂,

"只够使呆子活泼,使奴才保持清醒;

"不过是犯困的巡更,偶尔高声发喊,

"惊破我们的睡梦,给我们报个钟点。②

445 "但各人头脑,总会受特定事物逗引;

"痴傻麻木之人,或许会为蜂鸟兴奋;

"封闭至极之人,若是加以适当开导,

"或许会在贝类当中,找到可心癖好;

"有的人欠缺禀赋,弄不懂形而上学,

450 "不妨让他走出户外,流连苔藓荒野;

---

① "昏睡朋友"即本卷前文的"一帮懒散闲汉"。女神希望这两个博物学家引导这些闲汉,使他们沉醉于麻痹心智的无聊爱好。

② 蒲柏时代的巡更(watchman),职守主要是巡逻街道防火防盗,也包括大声报告时辰和天气。

　　　　　"有的人拒斥月外事物，不妨安排他，
　　　　　"乘上威金斯之翼，配上掌舵的尾巴。①
　　　　　"噢！但愿人类儿孙，有朝一日会认定，
　　　　　"天赋的眼睛和理性，只为研究苍蝇！②
455　　　"只去观察大自然，偏颇狭隘的局部，
　　　　　"漠视创造全体的大匠，置之于不顾。
　　　　　"治学只为消遣，就连最博洽的学子，
　　　　　"也只对造物主好奇，绝不为祂执役！"
　　　　　"这事交给我。"答话的是个阴郁教士。
460　　　他誓死反对奥义，自身却昏昧无知，
　　　　　怀抱着虔诚期望，想看见朗朗天光，
　　　　　却又使盖然证据，一步步走向消亡，
　　　　　谴责绝对的信仰，斥之为教会谎言，

---

① 按照亚里士多德等人的古典宇宙观，月亮之外（superlunar）的事物永恒不变，月亮之下（sublunar）的事物则变动不居。威金斯（John Wilkins，1614—1672）为英国教士及自然哲学家，皇家学会创始人之一，著有《发现月球世界》(*The Discovery of a World in the Moone*，1638）等书。威金斯认为月球与地球相似，也许可以住人，希望未来的人类能找到飞向月球的方法。蒲柏认为威金斯的观点荒诞无稽，因为在他看来，针对自然物象的实证研究琐屑无聊，古典学问（比如传统的哲学、文学和神学）才是像月外事物一样永恒的真知。

② 原注说，呆厮女神要求这些"自然探索者"（Investigators of Nature）以琐碎学问为消遣，止步于探究"第二因"（Second causes，被造之物），彻底抛开"第一因"（First cause，造物主）。

却又乐于制定教条，急于专横独断。①

465 "由得其他人等，临深履薄，龟行蜗步，

"依据直白的经验，夯筑低矮的基础，

"借助平凡的常识，求得平凡的学问，

"最后才经由自然，走上自然的路径；②

"骄傲之母啊，自豪之源！借你的云雾，

470 "我们已无所不见，不需要向导指路。

"我们气昂昂走上，高绝的先验通衢，

"倒过来往下推理，直至对上帝生疑；③

---

① 以上六行的讽刺对象是宗教自由派（freethinker）。这类人反对教会和正统教义，不承认超出人类理性认知范围的宗教"奥义"（天启），并且反对不容置疑的绝对信仰，认为教义必须得到理性验证。但蒲柏认为，这类人反对正统的绝对信仰，只是为了树立他们自己的绝对权威。盖然证据（moral evidence）指不能确切证明某事某物的真实性、只能证明某事某物"高度可能"的证据，常常被宗教正统派用来为教义辩护。原注提到了英国数学家及神学家约翰·克雷格（John Craig, 1663—1731），称他的学说荒唐透顶。克雷格撰有《基督神学的数学原理》（*Theologiae Christianae Principia Mathematica*, 1699），通过数学方法来推演盖然证据的消亡，以及历史事实盖然性的变化。他推算基督事迹的盖然性将在公元3150年降到零，并把这一年阐释为基督重临的时间。

② 原注指出，以上四行所说才是求得真知的可靠法门。可参看蒲柏《论人》当中的诗句："不奴事任何教派，不走任何私家道路，/ 目光穿透自然，仰望缔造自然的上主。"

③ 这里的"先验"指预先认定第一因，在此基础上推导它的种种效验。原注说，如果依据可见世界的种种效验来推导永恒第一因（亦即遵循"后验"道路），虽然不能获得关于上帝的完整认识，但却能获得足够多的认识，由此看清上帝造人的目的，以及达致幸福的方法；如果遵循"先验"道路，则容易身陷迷雾，被各种假象蒙蔽，以至于看不见上帝造人的目的，以错误的方法追求幸福。原注对"先验"道路的批评，大致可作如下理解：人如果预先认定上帝的存在，便可能期望世界完美无瑕，以至于无法理解现实中的不合理现象，最终动摇对上帝的信念。

144

"还让自然事物,逐步篡取袖的蓝图,

"竭尽我们的本领,推袖去乌有国度;

475 "将某种机械动因,硬塞进袖的座席;

"或称袖囿于物质,或称袖弥散广宇。①

"又或一步跳出,袖所有律法的节制,

"说上帝是人的投影②,人是终极目的,

"认定美德因地而异,蔑视一切伦理,

480 "一切从自己着眼,一辈子只为自己:③

"最笃信的事物,莫过于自己的理性,

"最怀疑的事物,莫过于意志与灵魂。④

"噢,把上帝再遮严点!好让我们看见,

"你这样的神明,正如卢克莱修所言:

485 "彻底封闭于自身之内,无思又无虑,

---

① 以上四行论说宗教自由派的哲学谬误,指责他们试图用各种机械原理和物理定律来解释宇宙的运行,由此削弱上帝的权威。据原注所说,"机械动因"是笛卡尔的观点,"囿于物质"是霍布斯(参见前文注释)的观点,"弥散广宇"的观点则属于"一些继起的哲学家"。

② 这种观点与《旧约·创世记》关于上帝依照自身形象造人的记述截然相反。

③ 以上四行论说宗教自由派的道德谬误。据原注所说,这类人因理性缺陷而认定"上帝是人的投影",因骄矜自负而认定"人是终极目的",又因心地败坏而认定善恶仅仅是主观判断、道德不过是当权者强加的东西。基于这些认识,这类人最终走上了一切以自我为中心的邪路。

④ 原注指出,灵魂存在和自由意志是不言自明的真理,理性倒是种非常值得怀疑的东西。

"压根儿不理会,我们的功绩或过失。①

"或是让自然之灵,占据我们的心胸,

"提奥克勒斯曾经,在迷狂幻觉之中,

"看见这明丽形象,闲荡在如诗美景,

490 "或是如脱缰野马,浪游在学院树林;②

"廷达尔的号令,和萨利纳斯的鼾声,③

---

① 卢克莱修(Lucretius Carus,前99?—前55?)为古罗马诗人及哲学家,曾以长诗《物性论》(De Rerum Natura)阐发古希腊哲学家伊壁鸠鲁(Epicurus,前341—前270)的学说。伊壁鸠鲁学说的要旨之一是神明永远超脱平和,没有任何人类情感,从不干预人类事务。据原注所说,以上两行的原文是对《物性论》第一卷第四四至四六行及第四九行的编译。

② 参照原注所说,以上四行是讽刺英国政客、哲学家及作家第三世沙夫茨伯里伯爵(Anthony Ashley Cooper, 3rd Earl of Shaftesbury, 1671—1713)的观点。沙夫茨伯里认为人性本善(不同于正统基督教义的"原罪"及"救赎"之说),主宰宇宙的是一个普遍施恩的神祇(不同于《圣经》中那个赏罚分明的上帝)。同时代的一些人认为沙夫茨伯里是宗教自由派,还有人认为他是自然神论者。原注摘引了沙夫茨伯里对话体论文《道德哲学家》(The Moralists,1711)当中的一些语句,据此指斥他是个把"自然之灵"等同于上帝的异端,探讨哲学时过度使用形象化语言,治学方法浅薄浮滑。《道德哲学家》用了大量篇幅来讴歌自然的美好和仁善,提奥克勒斯(Theocles)为该文主角,沙夫茨伯里借他之口来陈述自己的哲学观点。原注说"明丽形象"(bright image)是一些新柏拉图主义哲学家对"自然理念"(Idea of Nature,此处等同于"自然之灵")的称谓。沙夫茨伯里也属于新柏拉图主义学派,《道德哲学家》一文的题记是贺拉斯《书信集》第二卷第二首当中的诗句:"去学院的树林中探寻真理。""学院"(Academy)指的是柏拉图在雅典城外创立的林中学校。

③ 廷达尔为自然神论作家,参见前文注释。萨利纳斯(参见前文注释)是随侍酒神的一个萨特尔(satyr),后者是古希腊神话中一类半人半羊的精灵,在西方文化中是纵欲好淫的象征。原注说萨利纳斯是维吉尔《牧歌集》第六首提及的"一位伊壁鸠鲁哲学家",借着酒劲阐发伊壁鸠鲁学说。维吉尔诗中的萨利纳斯讲述的创世故事与伊壁鸠鲁学派的"原子论"(物质实体由永恒不变的原子构成)相近,但原注之所以点出伊壁鸠鲁,主旨是强调萨利纳斯是一个享乐主义者。将伊壁鸠鲁哲学等同于享乐主义,是在西方人当中长期存在的一种普遍误解。

"响彻我们这一派，膜拜的自然圣境。"
听见自家名姓，昏醉老怪即刻爬起，
从他的烟斗里，抖出些许火焰种子，①
495　一手抄起烟草匣，一手捋一捋肚腩，
面容红润又神圣，虽然说没穿长衫。②
他引领一众青年，向女神御座走近，
神情和蔼又亲昵，对女神"夫人"相称。③
他说道："瞧！你这些学有所成的儿郎，
500　"欣然摆脱神权专制，回到你的身旁：
"他们先为词句奴才，次为虚名佣役，
"再次为党派走卒；从小到大都如此；④
"后天习练使得先天局限，日趋狭隘，

---

① "昏醉老怪"即萨利纳斯，这一行是说他抖出烟斗里的烟灰。原注说，把烟灰称为"火焰种子"（seeds of fire）是揶揄伊壁鸠鲁学派的论调，因为该学派把原子称为"事物种子"（*semina rerum*）。

② 据英国历史学家莱斯利·斯蒂芬（Leslie Stephen，1832—1904）等人主编的《国家传记辞典》（*Dictionary of National Biography*，1885—1900）所说，萨利纳斯影射的可能是英国作家、激进辉格党人托马斯·戈登（Thomas Gordon，1691?—1750）。戈登起初反对沃波尔，后被沃波尔招至帐下，监管政府资助的新闻报道，后又被沃波尔委任为酒饮执照专员，担任此职到死。戈登身形肥硕，不曾担任圣职或教职（"没穿长衫"）。

③ "夫人"原文为"Dame"，在这里等同于"Madam"，后者是当时朝臣对王后的称呼。

④ 参照原注所说，以上四行说的是现代教育对年轻人的荼毒。受害的年轻人没有信仰，学问限于词句，对著名先贤亦步亦趋，不敢独立思考，长大便成为任由党派驱遣的无脑工具。

"造就轻飘飘的头脑,抽巴巴的胸怀。

505 "这般教养的贵胄,我见过不知多少,
"他们冲一切讪笑,王后也笑颜相报。
"他们注定荣显,荣显只是因为出身,
"曾经是这世间,最不服从你的一群;
"如今悉数匍匐,投入你温柔的荫庇,

510 "个个酥软如泥,臣服于年金或娼妓!
"K 某和 B 某某①,业已带着媚骨入土,
"一半是君王之奴,一半是荡妇之奴。
"可叹 W 某某②,殂谢在荒唐透顶之时,
"如今他有谁夸赞?只有诔墓的牧师。

515 "请收下这班青年,将他们揽入怀抱!
"未尽事宜,女神啊!由你的巫师代劳。"
听闻此言,老巫师忙不迭递上酒盅,
任何人饮下此酒,便立刻忘记友朋、
尊长、祖宗和本性。饮酒的一个青年,

---

① "某"原文为一个星号,"某某"原文为两个星号。"K 某"影射肯特公爵(Henry Grey, 1st Duke of Kent, 1671—1740),此人曾靠讨好安妮女王的闺中密友得到官爵,后来又靠背叛托利党赢得乔治一世的欢心。"B 某某"可能影射第三世伯克利伯爵(James Berkeley, 3rd Earl of Berkeley, 1680—1736),此人曾获得包括内廷侍臣(Gentleman of the Bedchamber)在内的众多荣衔,也可能影射第二世博尔顿公爵(参见前文注释)。

② "某某"原文为两个星号。"W 某某"可能影射沃尔顿公爵(Philip Wharton, 1st Duke of Wharton, 1698—1731),也可能影射早逝的第七世沃里克伯爵(Edward Henry Rich, 7th Earl of Warwick, 1698—1721),这两人的行为都有欠检点。

520　眼望一颗星，像恩底弥翁一样长眠；①
　　　另一个的头顶，突然生出一根羽毛②，
　　　羽毛抽干他的脑髓，放跑他的节操，
　　　他背弃上帝，背弃祖国和所有一切，
　　　向君王献媚邀宠，是他仅剩的美德！

525　饮酒的乌合之众，跟猪猡一起打滚，
　　　跟狗儿一起捕猎，跟马匹一起狂奔；
　　　但他们真是可悲！永远也难逃骂名，
　　　原因是他们依然，保持人类的身形。③
　　　幸亏仁慈的女神，赐予她每个孩子，

530　刀枪不入的厚颜，无知无觉的呆痴；
　　　她的礼物即刻带来，辛墨里式④昏沉，
　　　外加希伯式面皮，使羞耻无处容身。
　　　其中一些人得到，善心虚荣的镜鉴，⑤

---

①　恩底弥翁（Endymion）是古希腊神话中的俊美牧人，月神塞勒涅（Selene）喜爱他的睡态，便恳请宙斯施法，使得他永远沉睡。这行诗意在指斥一些人为了官爵不顾廉耻，任由自己的操守"长眠"。诗中的"一颗星"指的是英国一些骑士勋位（比如嘉德勋位，参见前文注释）的星形徽章。

②　这里的"羽毛"指涉嘉德骑士的礼帽，礼帽上饰有白色鸵鸟羽毛和黑色苍鹭羽毛。

③　原注说这位巫师的魔酒与喀耳刻（Circe）的魔药效力相反，后者使人丧失人形，保留人性，前者却使人丧失人性，仅余人形。喀耳刻是古希腊神话中的女巫，据荷马史诗《奥德赛》第十卷所载，她曾诱骗俄底修斯的船员吃下掺在饮食里的魔药，由此把他们变成猪猡。

④　辛墨里人（参见前文注释）生活在永恒黑暗之中。

⑤　西方艺术品常常把人格化的虚荣描绘为揽镜自照的女子。

镜中影像，绝不会是旁人眼中所见，
535 只会粉饰主人，有如马屁精或家奴，
使主人变身爱国义士、英杰或圣徒。
另一些人得到，利益给的鲜艳制服，①
利益扇动党旗般的彩翼，翩翩起舞；
她时而迎向阳光，折射出五色缤纷，
540 缤纷五色随着她的飞旋，或显或隐。
还有些人欣赏到，西壬姊妹②的献唱，
要抚慰空洞头脑，莫过于空洞声响。
糟糕！他们再也听不到，荣名的呼召，
呆厮女神的香膏③，灌满他们的耳道。
545 C某某，H某某，P某某，R某某，K某，
何苦辛劳立业？子嗣所长只是歌喉。④

---

① 这一行是说，人格化的利益（这里特指凭借政治权力牟取的私利）把这些人变成了她的家奴，让他们穿上了家奴的制服。
② 西壬姊妹即以歌声引诱水手走向死亡的西壬女妖（参见前文注释）。由原注可知，这里的西壬姊妹指的是人格化的歌剧。
③ 原注说"呆厮女神的香膏"是指麻痹心智的奉承，并且说歌剧也是一种香膏。
④ 上一行的九个"某"原文为九个星号。"C某某"影射威廉·考珀尔（William Cowper, 1st Earl Cowper, 1665?—1723），"H某某"影射西蒙·哈考特（Simon Harcourt, 1st Viscount Harcourt, 1661—1727），"P某某"影射托马斯·帕克尔（Thomas Parker, 1st Earl of Macclesfield, 1666—1732），"R某某"影射罗伯特·雷蒙德（Robert Raymond, 1st Baron Raymond, 1673—1733），"K某"则影射彼得·金（Peter King, 1st Baron King, 1669?—1734）。这五个人都是获封爵位的英国政坛显贵，由诗意可知五个人的子嗣都不成器，沉迷于歌剧之类的消遣，但这个说法并不完全符合事实。

雄心壮志化为荒唐笑柄，何其迅速！
父辈显达封爵位，儿辈痴傻又糊涂。
若干子弟，由一位白围裙祭司随扈，
550 这祭司好技艺，视一切血肉如无物！
全牛到了他的手里，瞬间变成肉冻，
庞大的野猪也化整为零，装进陶瓮；
他摆出满桌的乱真奇迹，琳琅满目，
将野兔变成云雀，将鸽子变成蟾蜍。①
555 另一位祭司（哪里会有人精通一切？）
则为他们讲解，美酒的神髓与青涩。②
哪里有丰盛祭献，救赎不了的罪孽？
你的松露，佩里戈！你的火腿，巴约讷！③
配上法国莫酒，再奏起意大利弦管，

---

① 以上六行说的是女神安排了一些技艺精湛的"祭司"（实指厨师），用各种新奇手段来满足这些堕落子弟的口腹之欲。末二行的"奇迹"是讽刺法式烹饪，据原注所说，加工成蟾蜍形状的鸽子肉是当时法国的常见菜式。

② "神髓"和"青涩"原文分别为法文词"*sève*"和"*verdeur*"，皆为葡萄酒术语。"*sève*"本义为树浆，喻指特定葡萄酒的特殊风味。"*verdeur*"指新酿葡萄酒的刺激口感。据原注所说，信奉享乐主义的法国作家圣伊夫蒙（Charles de Saint-Évremond, 1613—1703）写有一封"十分可悲的"信函，劝一位失意的朋友从"美酒佳肴"当中寻找安慰，尤其要多多留意香槟酒的风味。

③ 佩里戈（Périgord）为法国著名松露产地。巴约讷（Bayonne）为以火腿闻名的法国城镇。

560 便可涂白布莱登,洗清海斯的污点;①
赖特也头颅高昂,只因破产的百姓,
分量哪能比得上,三合一的山鹑羹?②
一切羞耻皆消逝,一切指责皆消歇,
王侯争相邀请他们,坐上自家马车。
565 宴饮既毕,女神吩咐众人,上前下跪,
向他们一一颁赐,各色头衔与学位。
首先是一些,较比优秀的女神子裔,
他们在律师学院,将莎士比亚研习,
或是钉穿萤火虫,或是矜夸鉴赏力,

---

① 1720年,英国发生"南海泡沫事件"(South Sea Bubble)。从事贸易的南海公司通过种种不正当手段获得政府支持,大肆炒作本公司股票,股价由此暴涨,又在泡沫破灭之后暴跌,致使许多人血本无归。英国政府就此展开调查,众多官员及南海公司董事被定罪判刑。参照原注所说,布莱登可能是指英国政客托马斯·布莱登(Thomas Bladen, 1698—1780),此人嗜好赌博,是南海公司董事西奥多·詹森(参见前文注释)的女婿。原注说布莱登是个投机分子,并且是个"黑人",这个说法可能是因为"Bladen"和"Black"(黑色)形近,也可能是因为南海公司有贩卖黑奴的业务。海斯指的是南海公司代理刘易斯·海斯(Lewis Hays, ?—1737)。

② 赖特指的是南海公司司库罗伯特·赖特(Robert Knight, ?—1744),此人于1722年逃离英格兰,据说是为了不牵连政府官员,后于1742年获得赦免。据原注所说,出逃的南海公司人员在巴黎过着奢侈的生活,经常宴请英国显贵乃至法国王室成员。原注还说,"三合一的山鹑羹"是法国人发明的菜式,亦即用两只山鹑熬成汤汁,充作第三只山鹑的佐料。以上两行的意思是,赖特虽然造成许多百姓破产,却能以美味佳肴招待宾客,由此便依然受到显贵的欢迎。

570　领受了 F.R.S. 尊衔，着实光华熠熠；①
　　　另一些列名共济会，藏身缄默一族，
　　　毕达哥拉斯的位置，可由他们填补；②
　　　还有些充任植物学家，至少也充任，
　　　花卉专家，再不然就充任，年会贵宾③；
575　最卑微轻贱的子裔，也有各自席位，
　　　荣登格雷戈里会，或者是戈莫贡会；④
　　　最末的一群，美誉与嘉奖绝非最少，

---

①　"F.R.S."是"Fellow of the Royal Society"的缩写，亦即"皇家学会会士"。英国的皇家学会（Royal Society）成立于1660年，以促进自然科学为己任，是世界上最古老的国立科学学会。蒲柏重古典人文轻实证科学，因此斥责皇家学会会士不务正业（"在律师学院，将莎士比亚研习"）、研究琐屑且破坏自然（"钉穿萤火虫"）、附庸风雅且见识浅薄（"矜夸鉴赏力"）。

②　共济会（Freemasonry）是一个兄弟会性质的国际性团体，历史悠久，起源不详，以慈善互助为主要宗旨，采用一些秘密的仪式和标记，带有一定神秘色彩。英国的共济会总会成立于1717年，是世界上最古老的共济会总会，成员包括沃波尔和沃波尔的一些党羽。毕达哥拉斯学派要求生徒保持沉默，以此为自我修养的一种法门，共济会也要求会员保守本会秘密，故有"缄默一族"及"填补位置"之说。原注讽刺说，本卷上文的"痴傻麻木之人"和"封闭至极之人"，即使冥顽得无法成为探究"蜂鸟"或"贝壳"的博物学家，好歹也可以加入共济会，因为入会不需要别的资质，闭紧嘴巴就行。

③　花卉专家（florist）只会鉴赏和种植花卉，在蒲柏看来还不如悉心研究植物的植物学家（botanist）。"年会贵宾"指应邀参加皇家学会、共济会之类团体年度宴会的人物。

④　格雷戈里会（Gregorians）和戈莫贡会（Gormogons）是成立于共济会之后的两个昙花一现的团体，以嘲讽共济会为己任。原注说这两个会是从共济会分离出来的，会员都是些不入流的角色。

153

剑河艾西斯，予他们法学博士衣袍。①

女神祝福众人："去吧，我眷怀的儿郎！

580 "如今该投入实践，将理论光大发扬。

"我提的所有要求，容易、简明又充实；

"孩子们！你们要骄矜，要自私，要呆痴。②

"要捍卫我的皇权，要巩固我的宝座，

"你们将各享殊遇，我在此领首为诺。

585 "让公爵专享爱物，短马鞭和骑师帽；③

"让侯爵配备跑鞋哨棒，领大家赛跑；④

"伯爵已拿到执照，自不妨尽情赶车，

"与同行车夫太阳神结伴，驰驱不懈；⑤

---

① 这一行是讽刺牛津剑桥等大学滥授荣誉学位。

② 据原注所说，骄矜的姿态最容易摆，自私的原则最是简明，呆痴的事业最是充实。

③ "短马鞭和骑师帽"是赛马骑师的行头，这一行可能是影射英国贵族及政客第二世德文郡公爵（William Cavendish, 2nd Duke of Devonshire, 1672—1729）。赫维勋爵（参见前文注释）曾声称，这位公爵"擅鉴赏竟不擅理政，做骑师远比做政客称职"。

④ "哨棒"原文为"staff"。当时的贵族乘车出行，会安排一些手持哨棒的跟班跟着马车奔跑（当时路况不佳，马车速度很慢），一是为了排场，二是为了防备马车倾翻。让各自的跟班赛跑争胜，是贵族阶层的一项流行消遣。这一行影射的可能是第四世德文郡公爵（William Cavendish, 4th Duke of Devonshire, 1720—1764），此人于1755年父亲去世后袭封公爵，此前使用"哈汀顿侯爵"（Marquess of Hartington）头衔。

⑤ 根据古希腊神话，太阳神赫利俄斯（Helios）是太阳之车的驭手，每日驱车横越天穹。以上两行影射第六世索尔兹伯里伯爵（James Cecil, 6th Earl of Salisbury, 1713—1780），此人行事乖张，嗜好驾车，甚至曾尝试驾驶公共马车。据说他经常翻车，同时代英国画家威廉·贺加斯（William Hogarth, 1697—1764）把"倾翻的索尔兹伯里之车"画进了他的《一日四时》（Four Times of the Day, 1736）。"拿到执照"原文为"licensed"，"license"一词兼有"放纵无行"之义。

154

"学识渊博的男爵，尽可为蝴蝶写真，①

590 "或是从阿剌克涅的细线，抽丝织锦；②

"法官招呼高级律师弟兄，以舞会友；③

"议员站上板球场地，催促对手投球；④

"主教只用一个馅饼（教皇般的奢华！），

"便将一百只火鸡的灵魂，悉数收纳；⑤

595 "家道殷实的乡绅，向高卢主子哈腰，

"用区区的一碗汤，把自家田宅淹掉；⑥

"其他人从法国，引进更高贵的艺术，

---

① 这一行影射瑞典实业家及昆虫学家德耶尔男爵（Baron Charles de Geer，1720—1778）。德耶尔自幼喜好研究昆虫，不到三十岁就成为瑞典科学院院士及法国科学院通讯院士，并以擅画昆虫闻名。

② 阿剌克涅（Arachne）是古希腊神话中的巧手女子，曾与雅典娜比赛织布，其间因藐视神明而被雅典娜变成蜘蛛。"阿剌克涅的细线"即蛛网。参照原注所说，这一行是讽刺法国贵族圣希莱尔（François Xavier Bon de Saint Hilaire，1678—1761）。圣希莱尔曾尝试从蜘蛛的卵囊抽丝织布，相关论文刊发于1710年的英国皇家学会会刊《自然科学会报》（Philosophical Transactions of the Royal Society）。

③ 高级律师团（Serjeants-at-Law）是当时英国的一个精英律师团体，成员之间互称"弟兄"，英国一些法院的法官只能从这个团体遴选。这一行的具体指涉可能是十五至十八世纪伦敦各律师学院的年度狂欢活动，参与者包括法官和高级律师，项目包括仪式性的舞蹈。1733年之后，此活动再未举行。

④ 板球为英国传统运动，贵族议员打板球在当时亦属常见之事。蒲柏认为贵族打板球不妥，是因为这项运动贵贱杂处，不同于马球之类的传统贵族运动。

⑤ 以上两行是讽刺达勒姆主教威廉·塔尔波特（William Talbot，1658—1730），原注说此人穷奢极欲，耗用一百只火鸡来做一个馅饼。

⑥ 以上两行是说乡绅为昂贵的法式菜肴败光家产。

"教君王拉小提琴,使议员应节而舞;①

"较比胆大的儿郎,可尝试飞得更高,

600 "使我队伍中再添个元首,门庭光耀;

"并且骄傲地牢记,公侯不过是器物,

"为首席大臣而生,为王上充当奴仆,②

"唯我独尊的暴君!将凌驾国中三级③,

"把国史写成一部,伟大的《呆厮国志》!"④

605 说话间她打个哈欠,万物随之点头;

神明的哈欠,哪里是凡人所能消受?⑤

---

① 原注说小提琴是古代君王的流行消遣,比如古罗马皇帝尼禄(Nero,37—68)。尼禄为著名暴君,据说曾在罗马城大火之时拉琴作乐。原注还说,议员"应节而舞"的意思是应和君王的节拍,要不就得去蓬图瓦兹(Pontoise)或西伯利亚。蓬图瓦兹为法国城镇,1720年,法国摄政王曾将法国议会全体成员流放至该地。西伯利亚是俄罗斯流放失势政客的惯常地点。

② 以上四行是讽刺沃波尔,1721至1742年间,沃波尔是英国事实上的首相(亦即"首席大臣")。蒲柏认为沃波尔专横跋扈,使英国沦落到了与欧洲大陆专制国家相去无几的地步。

③ "三级"(three estates)指中世纪至近代早期欧洲基督教国家的社会等级体系。就蒲柏时代的英国而言,三级是指治理国家的三个阶层,亦即教会贵族(Lords Spiritual,议会上院的主教议员)、世俗贵族(Lords Temporal,上院的贵族议员)和平民代表(Commons,下院议员)。

④ 这一行的原文全部是大写字母。

⑤ 原注说,此诗以"伟大母亲使所有人归于平静"结束故事情节,堪与荷马史诗媲美,因为《奥德赛》也是以雅典娜调停纷争收尾;此诗以一声哈欠收煞全篇,十分恰当自然,因为许多冗长郑重的商讨也是以哈欠收场;除此而外,这样的结尾并非没有先例,因为斯宾塞(参见前文注释)的长诗《哈伯德妈妈的故事》(*Mother Hubberd's Tale*,1591)也是以一声咆哮结尾。原注提及的斯宾塞长诗意在讽刺卑下者篡取王权,其中说到一些弱小动物趁狮子睡觉之机偷窃狮皮,最终被狮子的咆哮所震慑,并受到相应的惩罚。

156

哈欠瞬间笼罩,各所教堂和礼拜堂
(先到圣詹姆斯,铅做吉尔伯的道场);①
继而将学校笼罩;又使西敏厅昏醉;②
610 教会会议说不出话,徒然大张着嘴;③
这庄严悠长的齐声哈欠,四处飘飞,
国之理性④不知所踪,再也无法找回;
这哈欠越传越远,使整个王国昏沉;
就连帕利纽卢斯,也倚着船舵打盹;⑤

---

① 圣詹姆斯宫礼拜堂即王室礼拜堂(参见前文注释)。这里的吉尔伯(John Gilbert,1693—1761)为英国教士,以傲慢自大闻名,1757年成为约克大主教,担任此职至死。他曾为王后卡罗琳的去世(1737年)发表激情洋溢的布道,据说边讲边哭。原注说"铅做"这个修饰词并非源自吉尔伯本身,而是源自与他相关的重大事件,亦即呆厮女神缔造的"铅做的新萨吞时代"(见本书第一卷)。换句话说,吉尔伯是呆厮女神完成霸业的帮凶。

② 西敏厅(参见前文注释)在当时是断案的地方,这里代指司法体系。

③ 教会会议(Convocation)是英国国教会商讨教会事务的代表大会。由于下层教士对政府宗教政策的长期抵制,以及霍德利主教1717年布道词(参见前文注释)引发的强烈不满,政府解散了当年的教会会议。会议由此中断了一百多年,到十九世纪中叶才恢复举行。原注说教会会议急欲发声,并没有困倦欲眠,只是受女神的哈欠传染,不小心打了个哈欠,由此被放肆的朝臣抓住机会塞住嘴巴,以至于合不上嘴也说不出话。

④ 据原注所说,"国之理性"指的是议会下院。

⑤ 原注指出,帕利纽卢斯(Palinurus)跟朱庇特一样始终警醒,原本是最不可能打瞌睡的。帕利纽卢斯是维吉尔《埃涅阿斯纪》当中埃涅阿斯的舵手,因倚着船舵打瞌睡而落水溺死。这行诗同时影射沃波尔,因为英国诗人扬(参见前文注释)曾在讽刺组诗《声名之爱》(*The Love of Fame*,1728)第七首当中赞颂沃波尔,说他面临英王在海上遭遇风暴的危殆局势,仍然能沉着处理国政,好比临危不乱的舵手:"我们的帕利纽卢斯,不曾倚着船舵打盹。"

615　柔靡的瘴气，悄悄弥漫各个委员会；
　　　半途搁置的条约，在各个官署沉睡；
　　　没有长官的陆军，迷瞪瞪脱离战阵，
　　　海军在大洋游荡，打着哈欠等命令。①
　　　缪斯啊！你来讲（因为呆厮全无记性，
620　才子也记忆短暂，只有你能够讲清②），
　　　讲讲众人低头安歇，谁最后谁最先；
　　　谁尽得哈欠的福泽，谁只得到一半；
　　　怎样的魔力能平息党争，消弭野心，
　　　使贪得之徒噤声，使呆傻之辈迷魂；
625　以至于理性、羞耻和对错，通通湮没——
　　　唱吧，用你的歌声，使万族归于静默！

　　　　　＊＊＊＊＊＊＊＊＊＊

　　　枉自啊，徒然枉自——万马齐喑的时辰，
　　　无可阻遏地来临，缪斯也俯首听命。
　　　她来了！她来了！快来看那原初夜魔，
630　和古老混沌，曾经占据的漆黑王座！
　　　在她的面前，想象那金灿灿的烟岚，

---

① 以上四行指涉1713至1740年间英国和西班牙因贸易引发的一系列纠纷，其间两国于1739年签订和约，但西班牙拒绝履约，两国由是开战，战争从1739年持续到1748年。以沃波尔为首的政府极力避免战争，由此招致广泛批评。此事使沃波尔威望大损，是导致他辞职（1742年）的主要原因。

② 据赫西俄德《神谱》所载，九位缪斯女神的父亲是宙斯，母亲是记忆女神谟涅摩叙涅（Mnemosyne），故有此说。

还有它七彩变幻的虹霓,黯然消散。
才智白白地放射,灵光乍现的火焰,
它的流星纷纷坠落,一转眼就不见。
635 随着她步步逼近,施展她神威秘诀,
学问之灯次第熄灭,一切化为黑夜;
正如苍白群星,随可怖美狄亚招引,
从穹苍的原野里,一颗接一颗凋零;①
又如阿耳戈斯的眼睛,一只接一只,
640 受制于赫耳墨斯的魔杖,永远关闭。②
真理蹑手蹑脚,逃回她古老的岩窟,
决疑论的重峦叠嶂,压住她的头颅!③
哲学原本以天国,作为可靠的依托,
如今却退向她的第二因,再无着落。
645 自然科学乞求形而上学,提供庇护,

---

① 古罗马哲学家及作家塞内卡(参见前文注释)撰有悲剧《美狄亚》(*Medea*)。剧中女主角美狄亚(参见前文注释)遭到丈夫背叛,决意杀死亲生孩子作为报复,于是念诵咒语,把天上的怪兽星座(比如天龙座、长蛇座、大熊座和小熊座)召来凡间,充当她杀子的帮凶。

② 百眼巨人阿耳戈斯(参见前文注释)曾奉赫拉之命看管宙斯的情妇伊俄(Io),宙斯便派赫耳墨斯去解救伊俄。赫耳墨斯用魔法使阿耳戈斯闭上所有的眼睛,并且杀死了阿耳戈斯。

③ 据弗朗西斯·培根《广学论》(*The Advancement of Learning*,1605)所载,古希腊哲学家德谟克利特(Democritus,前460?—前370?)曾说:"自然的真理潜藏在一些深深的矿洞里。""决疑论"见前文注释。

形而上学掉转头,跑去向感官求助!①
落荒而逃的奥义,朝数学那边飞驰!②
枉自啊!她们头晕目眩,谵妄中死去。
赧颜的宗教,用面幂遮住她的圣火,
650 以至于不曾知觉,道德已溘然殒殁。③
公家私家的一切光焰,都不敢闪亮;
凡俗的星火,神圣的清辉,统统沦亡!
看哪,混沌!你恐怖的帝国,再铸金瓯!
伟大的僭主啊,面对你的毁灭之咒,
655 毁灭之手,光明已死!④就让大幕垂降,
就让包举宇宙的黑暗,将一切埋葬。

---

① 参照原注所说,以上两行是讽刺当时的两种哲学观点:一种通过十分牵强的形而上学演绎来否认肉体的真实性,以此确证灵魂的存在;另一种则把灵魂看作肉体作用的结果,认为灵魂将与肉身同朽,以此论证基督教永生应许的重要性。

② 据原注所说,这一行是讽刺当时的一些人尝试用数学方法来证明宗教奥义,以此应对奉行理性主义的宗教自由派对宗教奥义的质疑。

③ 参照原注所说,宗教的"赧颜"是因为呆瞵得势,世间乱象破坏了宗教的纯洁;宗教既然遭到压制,道德便随之沦亡。之所以说"不曾知觉",是为了讽刺沙夫茨伯里(参见前文注释)等人的观点,按照这些人的看法,宗教并不是维系道德的必要条件。

④ "僭主"原文为"Anarch",弥尔顿《失乐园》第二卷第九八八行也用了这个词来指称混沌。蒲柏这句诗叙说的事件是上帝创世过程的逆转,可参看《旧约·创世记》讲述上帝创世过程的第一个句子:"上帝说,要有光,就有了光。"

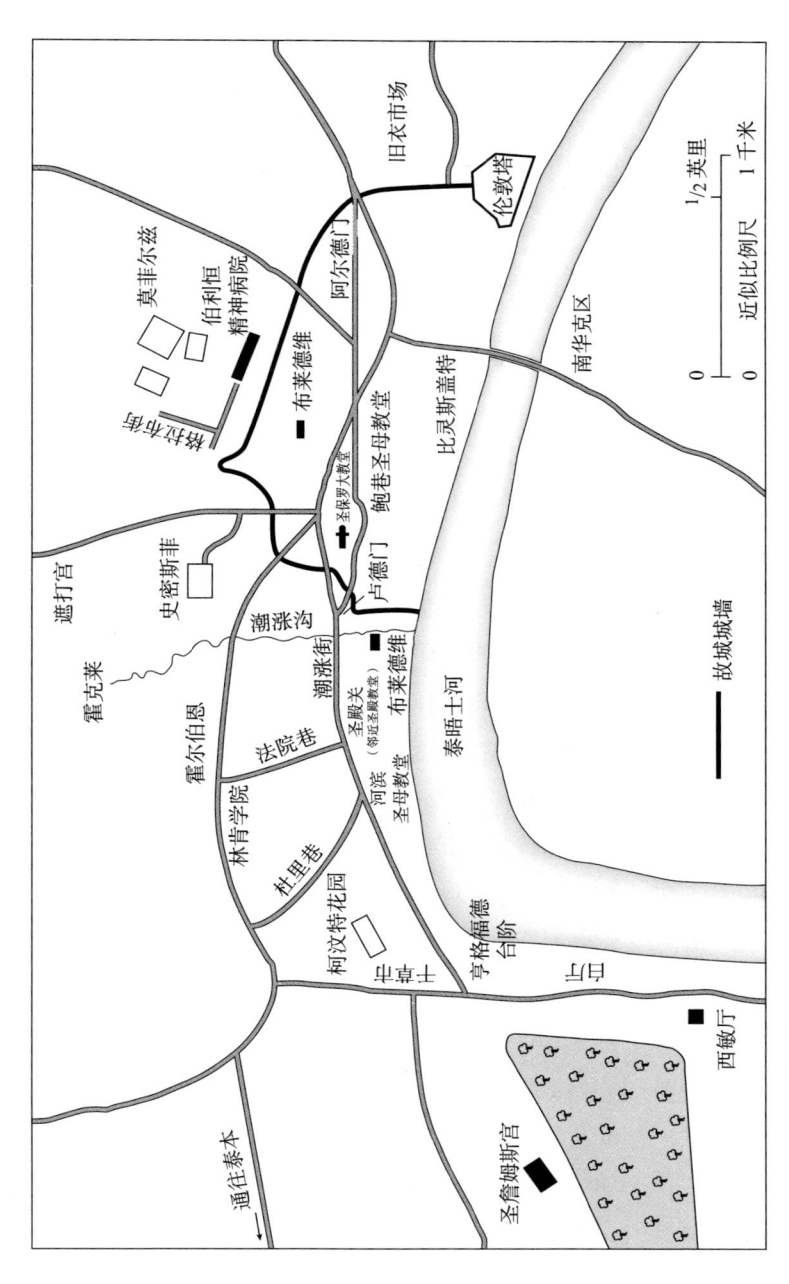

十八世纪四十年代伦敦略图

蒲柏生平简表

一六八八年　五月二十一日，蒲柏出生。

一六九二年　由于政府对天主教徒的经商限制，蒲柏一家迁往伦敦郊外。

一七〇〇年　由于政府对天主教徒的居住地限制，蒲柏一家再一次迁居；蒲柏诗才初露端倪，受到一些成名前辈的称赏；罹患波特氏症。

一七〇五年　开始创作《田园组诗》(*Pastorals*)。

一七〇七年　与玛莎·布隆特（Martha Blount）及特蕾莎·布隆特（Teresa Blount）姊妹相识，结下终生友谊。

一七〇九年　《田园组诗》面世，广受好评。

一七一一年　长诗《论批评》(*An Essay on Criticism*)面世，大获成功。

一七一二年　讽刺史诗《云鬟劫》(*The Rape of the Lock*)初版面世。

一七一三年　与斯威夫特等同道组建旨在讽刺蹩脚文艺的"三流作家俱乐部"（Scriblerus Club）；长诗《温莎森林》(*Windsor Forest*)面世。

一七一四年　《云鬟劫》增订版面世。

一七一五年　译作《伊利亚特》(*Iliad*)第一卷面世；倾慕玛丽·蒙塔古夫人（Lady Mary Montagu），但二人很快反目。

一七一六年　由于政府对天主教徒的打压更趋严厉，蒲柏一家又一次迁居。

一七一七年　《云鬟劫》最终版面世；《作品集》(*Works*)第一卷面世，其中收录《埃洛伊丝致阿贝拉德》(*Eloisa to Abelard*)等新作；父亲去世。

一七一八年　在特维克纳姆（Twickenham）租下一幢别墅及五英亩花园，携母亲迁入新居，此后再未另寻家宅。

一七二〇年　译作《伊利亚特》全本面世。

一七二五年　译作《奥德赛》(*Odyssey*)第一部分面世；六卷本莎士比亚作品集编注完成。

一七二六年　译作《奥德赛》全本面世，半部为蒲柏译笔，另半部由两位合作者完成。

一七二七年　与斯威夫特合作编写并刊行两辑《杂编》(*Miscellanies*)。

一七二八年　《杂编》第三辑面世；三卷本讽刺史诗《呆厮国志》(*The Dunciad*)面世。

一七二九年　《呆厮国志集注本》(*The Dunciad Variorum*)面世。

一七三一年　组诗《道德论》(*Moral Essays*)第一首面世。

一七三二年　《杂编》第四辑面世。

一七三三年　长诗《论人》(*An Essay on Man*)前三卷面世；组诗《仿贺拉斯》(*Imitations of Horace*)第一首面世；母亲去世。

一七三四年　《论人》全本面世。

一七三五年　《作品集》第二卷面世；组诗《道德论》全部完成。

一七三八年　组诗《仿贺拉斯》全部完成。

一七四二年　《新呆厮国志》(*The New Dunciad*，即《呆厮国志》第四卷)面世。

一七四三年　《呆厮国志四卷本》(*The Dunciad in Four Books*)面世。

一七四四年　五月三十日，蒲柏逝世。

汉译文学名著

第二辑书目（30 种）

枕草子	〔日〕清少纳言著　周作人译
尼伯龙人之歌	佚名著　安书祉译
萨迦选集	石琴娥等译
亚瑟王之死	〔英〕托马斯·马洛礼著　黄素封译
呆厮国志	〔英〕亚历山大·蒲柏著　李家真译注
波斯人信札	〔法〕孟德斯鸠著　梁守锵译
东方来信——蒙太古夫人书信集	〔英〕蒙太古夫人著　冯环译
忏悔录	〔法〕卢梭著　李平沤译
阴谋与爱情	〔德〕席勒著　杨武能译
雪莱抒情诗选	〔英〕雪莱著　杨熙龄译
幻灭	〔法〕巴尔扎克著　傅雷译
雨果诗选	〔法〕雨果著　程曾厚译
爱伦·坡短篇小说全集	〔美〕爱伦·坡著　曹明伦译
名利场	〔英〕萨克雷著　杨必译
游美札记	〔英〕查尔斯·狄更斯著　张谷若译
巴黎的忧郁	〔法〕夏尔·波德莱尔著　郭宏安译
卡拉马佐夫兄弟	〔俄〕陀思妥耶夫斯基著　徐振亚·冯增义译
安娜·卡列尼娜	〔俄〕列夫·托尔斯泰著　力冈译
还乡	〔英〕托马斯·哈代著　张谷若译
无名的裘德	〔英〕托马斯·哈代著　张谷若译
快乐王子——王尔德童话全集	〔英〕奥斯卡·王尔德著　李家真译
理想丈夫	〔英〕奥斯卡·王尔德著　许渊冲译
莎乐美 文德美夫人的扇子	〔英〕奥斯卡·王尔德著　许渊冲译
原来如此的故事	〔英〕吉卜林著　曹明伦译
缎子鞋	〔法〕保尔·克洛岱尔著　余中先译
昨日世界：一个欧洲人的回忆	〔奥〕斯蒂芬·茨威格著　史行果译
先知 沙与沫	〔黎巴嫩〕纪伯伦著　李唯中译
诉讼	〔奥〕弗兰茨·卡夫卡著　章国锋译
老人与海	〔美〕欧内斯特·海明威著　吴钧燮译
烦恼的冬天	〔美〕约翰·斯坦贝克著　吴钧燮译

图书在版编目（CIP）数据

呆厮国志 /（英）亚历山大·蒲柏著；李家真译注 .—北京：商务印书馆，2022
（汉译世界文学名著丛书）
ISBN 978-7-100-20601-3

Ⅰ.①呆…　Ⅱ.①亚…②李…　Ⅲ.①讽刺诗—诗集—英国—近代　Ⅳ.① I561.24

中国版本图书馆 CIP 数据核字（2022）第 014339 号

权利保留，侵权必究。

汉译世界文学名著丛书
呆厮国志
〔英〕亚历山大·蒲柏　著
李家真　译注

商 务 印 书 馆 出 版
（北京王府井大街36号　邮政编码100710）
商 务 印 书 馆 发 行
北京市十月印刷有限公司印刷
ISBN 978 - 7 - 100 - 20601 - 3

2022年3月第1版　　开本 850×1168　1/32
2022年3月北京第1次印刷　印张 5½
定价：30.00 元